LA PENTALFA

Una historia de agotes

Ramón Faro Cajal

© Ramón Faro Cajal
Diseño de las cubiertas: Aran Faro
La pentalfa
ISBN Libro en papel: 978-84-685-8559-8
Impreso en España
Editado por Bubok Publishing S.L

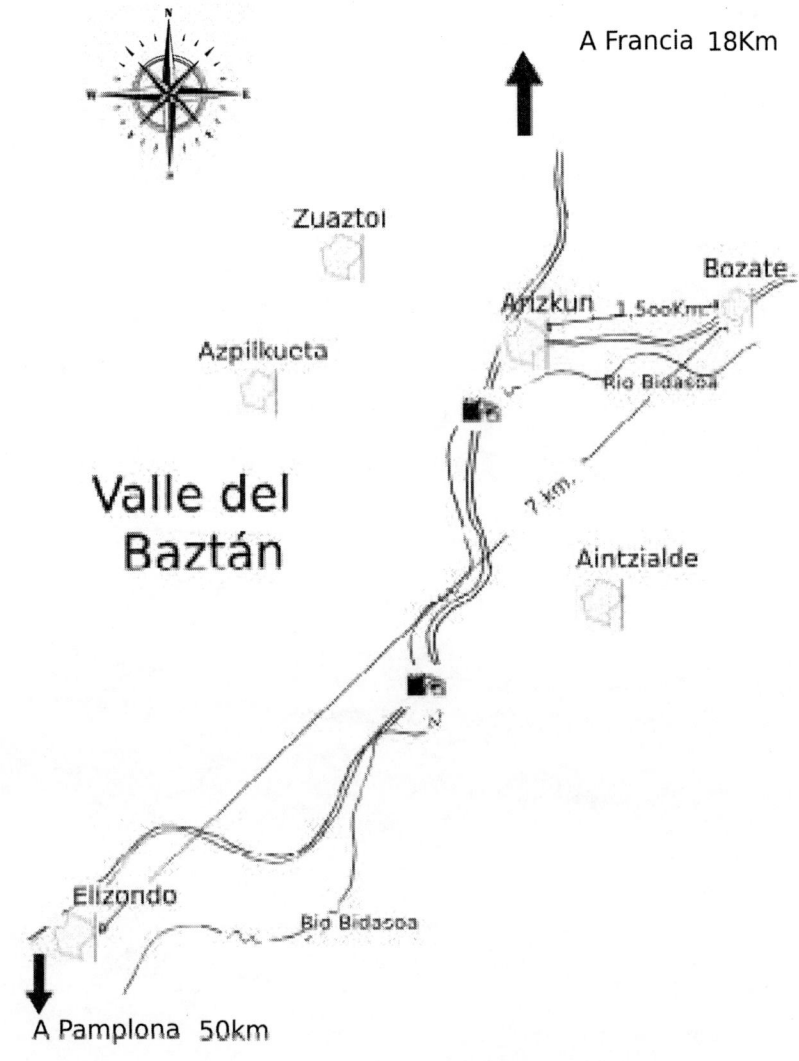

A Francia 18Km

Zuaztoi

Bozate

Arizkun 1.5ooKm²

Azpilkucta

Rio Bidasoa

Valle del
Baztán

7 km.

Aintzialde

Elizondo

Rio Bidasoa

A Pamplona 50km

Puente de Piedra

Plano parcial de Zaragoza

i Basílica del Pilar

N

El Mercado

Rio

Ebru

Parroquia el gancho

Iglesia de san Pablo

Caballerizas

Vivienda de los talladores

Almacenes

Jardin

Talleres Sarasa

Taller

Vivienda de los Sarasa

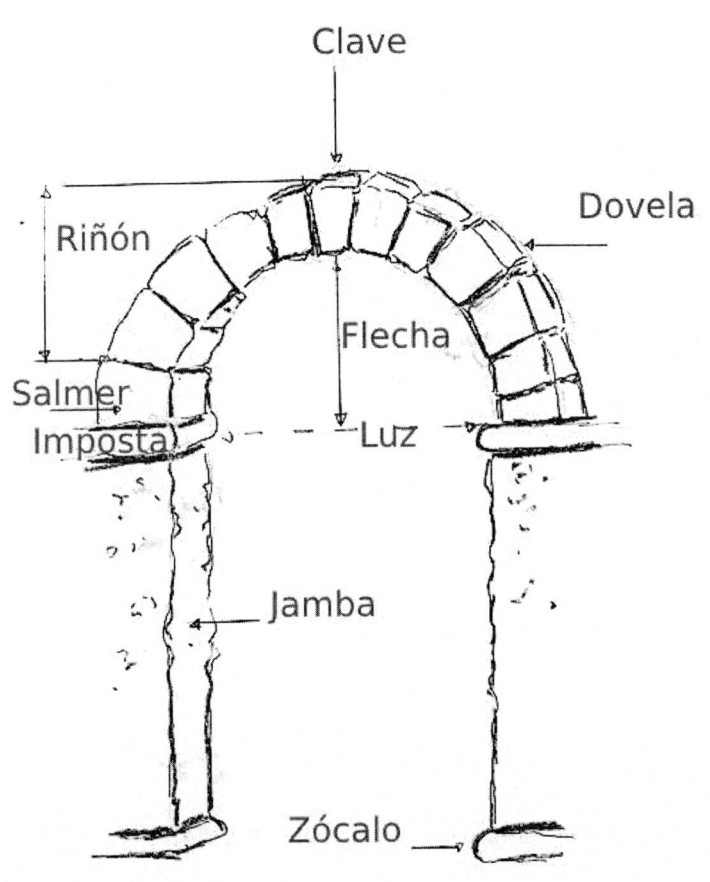

Clave

Dovela

Riñón

Flecha

Salmer

Imposta

Luz

Jamba

Zócalo

Ayerbe. Año 1890.

—¡Joder! Hay que salir adelante como sea —dijo Diego, a los convocados.

En la reunión solo se escuchaban lamentos.

La luz del candil languidecía y proyectaba en las paredes las trémulas sombras de tres hombres. Unos vasos de vino eran manidos por dedos nerviosos, fuertes, gruesos y deformados por las muchas horas de cantería que acumulaban. Llevaban rato en un silencio profundo y denso que llenaba el ambiente. Lo que decidieran podía dar un giro total a la vida que, hasta ese momento, habían llevado.

Fuera de la habitación, a oscuras y mudas, dos mujeres esperaban angustiadas la resolución que tomaran sus maridos. No se atrevían a hacer el menor ruido que distrajera las cavilaciones de los hombres.

—No podemos seguir como hasta ahora —confesó Diego al fin—. Hace ya un mes que estamos mano sobre mano.

—Desde que se acabaron los trabajos de la restauración de la torre, no sale nada y esta situación va a continuar —recalcó Felipe, su primo.

Luis, hermano menor de Diego, los miraba con respeto y aceptaría lo que ellos dispusieran. Al estar soltero, no tenía ataduras familiares.

—Lo poco que salga de trabajo será de pequeña monta y no nos sacará de apuros —concluyó Diego.

La torre de los marqueses de Ayerbe había sufrido una serie de desperfectos y hubo que cambiar las piedras dañadas por otras nuevas. «Los Sarasa», nombre con el que titulaban a los tres canteros, fueron los encargados de hacer esta última obra. Estaban calificados como los mejores. El problema era que todas las restauraciones y trabajos en el pueblo se habían acabado. La Torre del Reloj, la de san Pedro, al igual que las que necesitó la ermita de nuestra señora de Casbas terminaron. De los pequeños arreglos de casas, corrales o bordas se encargaban los propios afectados, ya que los dineros no sobraban.

—Hay que pensar en ir en donde nos necesiten —sentenció Diego.

—¿Marchar de Ayerbe? —fue Felipe el que preguntó mirándolo extrañado.

Las mujeres sintieron una punzada en el pecho. De tener que abandonar el pueblo lo harían ellos solos y a saber el tiempo que pasaría hasta que pudieran volverse a reunir.

Tras un buen rato cavilando en lo que había dicho Diego, fue Luis el que se decidió a comentar:

—Me han dicho que en Zaragoza van a hacer un montón de obras: un matadero, un teatro, una facultad y hasta un mercado.

—Entonces, trabajo no va a faltar —aclaró Diego— Habrá que pensar en agarrar el petate y marchar a la capital.

—Está lejos Zaragoza —apuntó Luis.

—Más cerca tenemos la penuria —sentenció Felipe con tristeza.

A Diego tampoco le entusiasmaba marchar del pueblo dejando solos a su mujer y a su hijo de dos años, pero seguir en el paro era condenarlos a la escasez, al hambre y a la miseria.

A Felipe esa tarde, Nuria, su mujer, le había informado que estaba embarazada. La noticia les angustió. No llegaba en el mejor momento. Se abrazaron y rompieron a llorar.

Los tres canteros hacía muchos años que trabajaban juntos. Habían aprendido el oficio a base de éxitos y fracasos. Empirismo puro. Empezaron con labores muy elementales y fueron pasando de ser unos aprendices a llegar a ser los maestros reclamados por todo aquel que necesitaba un trabajo en piedra.

Diego empezó muy joven. Tendría diez años. Su maestro, un viejo cincelador de Sarsamarcuello lo tuteló enseñándole los principios básicos de la talla en piedra. Murió antes de que su joven aprendiz aprendiera todos los secretos del oficio. Con quince años, fue el bisoño profesor de su hermano. Se unió a ellos su primo Felipe que, antes de ingresar en el seminario, como era lo usual en el segundo hijo de una casa aragonesa, prefirió el sonido del martillo y el polvo de la roca fragmentada a los rezos y los salmos.

Pasado un tiempo, los tres alcanzaron un nivel muy alto en el cincelado de piedras. En toda la región, cuando era necesaria una reparación de cierta categoría, acudían a ellos con la seguridad de que harían un buen trabajo.

—Si hemos de marchar, habrá de ser pronto —sentenció Diego, haciendo ver que la situación no debía demorarse.

Tras unas breves deliberaciones en el momento y en las condiciones en las que dejarían a sus familias, los tres decidieron viajar a donde había trabajo seguro. No tenían otra salida. No eran ni agricultores ni ganaderos. Su vida era la piedra.

Los dos días siguientes fueron tristes. Las mujeres de Diego y Felipe auguraban unas ausencias de sus maridos largas y penosas. Diego se abrazaba a su hijo más veces de lo habitual, sabiendo que seguro que la próxima vez que lo viera lo encontraría muy crecido. Temía que en ese momento lo extrañara por la ausencia.

El viaje en diligencia, que hacía el recorrido Jaca-Huesca, con parada en Ayerbe, fue tortuoso y se les hizo muy largo. Iban cargados con los útiles de cantería en un saco pesado e incómodo de transportar. En otros dos menores llevaban algo de ropa y vituallas. Tuvieron que regatear con el expendedor de billetes, argumentando que eran unos pobres trabajadores y rogándole que les cobrase el mínimo de la tarifa. Tras mucho discutir, decidió cobrarles un real por persona y legua recorrida. Era el importe que se cobraba a un animal que viajaba en el techo del vehículo. Por supuesto, que ninguno de los tres se sintió humillado por ser considerado de esa manera. Harían lo que fuera por ahorrar. Se intuían futuras penalidades.

Al llegar a Huesca, se acomodaron en un hangar que se encontraba vacío. Era parte del mobiliario de ferrocarriles. Allí pasarían la noche. Irían en tren a Zaragoza. Mucho les habían hablado de ese medio de locomoción. Al día siguiente lo verían por primera vez. A Luis el nerviosismo de esa nueva experiencia le impedía concebir el sueño. A Diego, a diferencia de su hermano, eran otros los pensamientos que lo mantenían despierto. Su mujer y su hijo. Haber tenido que dejarlos solos le llenaba de angustia. Los vecinos de Ayerbe no los abandonarían a su suerte, pero de todas formas sabía que pasarían penurias. Felipe, por su parte, lloró en silencio. Decidió que llegaría el momento de contarles a sus primos que iba a ser padre.

Tras mucho rogar y suplicar al jefe de estación, por fin, consintió que se acomodaran en un vagón vacío de carga sin cobrarles. El ser ayerbense y haber ido juntos a la escuela ayudó en el trato. Les hizo subir a escondidas y jurar por lo más sagrado que no iban a abrir la puerta ni bajarse en ninguna de las paradas que el tren realizaba hasta llegar a la Estación del Norte en Zaragoza. Una vez que el tren parara, les dijo que tendrían que esperar a la noche y bajar sin ser detectados por nadie.

El tren arrancó y, a través de las rendijas de las tablas del vagón, miraban y se maravillaban de la velocidad a que pasaba el paisaje. Las habladurías de cómo era el viajar en ese medio se quedaban cortas con lo que ahora experimentaban. El traqueteo de las traviesas, el humo que a veces se colaba en el vagón, los pitidos de la máquina, el chirrido de las ruedas, todo era motivo de un intercambio de miradas de alarma, sorpresa, admiración y miedo.

Cada vez que el convoy hacía una parada, se quedaban muy quietos y guardaban un silencio sepulcral. Oían las voces del exterior preocupados de que, en cualquier momento, se abrieran las puertas y los descubrieran.

Dedujeron que ya estaban en Zaragoza. Llevaban mucho tiempo parados e incluso Luis decía haber visto un cartel que lo anunciaba.

La tarde declinó. Esperaron a que fuera noche cerrada para abandonar el vagón. Cenaron en silencio un trozo de pan y una loncha de tocino. Con un trago de la bota apaciguaron la sed que les atormentaba.

Bajaron. Las luces a lo lejos de la ciudad les indicaron la dirección a seguir.

Jamás pensaron que hubiera un río con tanta agua. Lo atravesaron por un puente de piedra. Admiraron su construcción. Descubrieron una cabaña medio destruida a orillas del cauce. En ella decidió Diego pasar la noche.

Se levantaron temprano y, tras desayunar un mendrugo de pan y un trago de vino, se dispusieron a adentrarse en la gran ciudad. Iban con los ojos muy abiertos extasiándose a cada paso, viendo los grandes edificios y la calidad de vida que se palpaba en la vestimenta de los viandantes que se cruzaban. Pensaban: «Aquí hay dinero». Iban andando sin rumbo e intentaban adivinar en dónde estaban las obras de las que habían oído hablar.

Un rumor lejano les puso sobre aviso. El ruido del hierro golpeando en la piedra los llevó hasta una gran explanada. El repiqueteo de los martillos era continuo. Una primigenia obra era el motivo principal de todo aquel tropel de gente haciendo zanjas, levantando andamios, llevando carretillos con cemento y, sobre todo, de muchos picapedreros.

—¿Necesita más trabajadores? —le preguntó Diego al que parecía que mandaba en aquel *maremágnum*.

El capataz miró a aquellos hombres a los que no había visto nunca. Era un veterano de la construcción y se vanagloriaba de conocer a todos los trabajadores de la capital.

—Y vosotros, ¿qué sabéis hacer? —comentó extrañado.

Se sorprendió cuando uno de ellos, abriendo el saco que trasportaba, repartió martillos y punteros y, encarándose con él, contestó:

—Utilizar esto mejor que muchos de los que están aquí —dijo Diego muy seguro después de observar el resultado del trabajo de los picapedreros que les rodeaban.

A Raúl, que así se llamaba el capataz, empezó por llamarle la atención las herramientas que mostraron. Eran muy usadas y observó en la forma de empuñarlas que no eran unos novatos. Pensó que nada perdía si para examinar qué sabían hacer les mandaba distintos trabajos y así podría ver los resultados.

—Poneos con esas piedras. Quiero tres bloques: uno de sesenta centímetros por cincuenta y treinta de alto; otro un cubo de cuarenta por todos los lados y otro de las mismas dimensiones que el primero, pero cortado en bisel en dos partes iguales.

Raúl esperaba que aquellos paletos no supieran ni siquiera comenzar, pero empezó a tomarlos en serio cuando los vio actuar. Sin pedir más instrucciones, sacaron una escuadra de madera graduada y midieron las rocas para cada uno de los trabajos. Marcaron con un puntero por dónde debían cortar y tallar y empezaron a saltar cantos a una velocidad inusitada.

Los dejó solos, convencido de que les llevaría gran parte de la mañana terminar lo que les había mandado.

En un tiempo que consideró insólito, el que parecía llevar la voz cantante se acercó y le anunció que habían acabado. Ninguno de sus actuales trabajadores eran capaces de realizar ni en tiempo ni en calidad lo que les había mandado.

—¿Cuándo podéis empezar?

—Ya mismo.

—Aquí se paga por trabajo realizado. Si está bien hecho, se entiende —aclaró.

—Y ¿cómo y cuándo se cobra?

—Por pieza y un extra por jornada completa. Se empieza a las seis de la mañana y se termina cuando el sol se pone. Se para una hora para comer.

—De acuerdo —dijo Diego cerrando el trato con un apretón de mano—. ¿Podemos empezar ya?

—Sí, pero hoy solo cobraréis medio jornal.

—De acuerdo.

Aquella misma tarde, les pareció un regalo del cielo el dinero recibido y, lo más importante, que les esperaban a trabajar al día siguiente. Lo celebraron comiéndose el resto de vituallas y apurando hasta la última gota de la bota. Hacía mucho tiempo que eso no ocurría. Tenían lo suficiente para volver a reponer su despensa y vivir sin el miedo de quedarse desabastecidos en jornadas sucesivas.

Lo primero que habría que hacer sería cambiar de alojamiento. Si lloviera, el techo no les inspiraba mucha confianza. A lo largo del río, Diego ya le había echado el ojo a una cabaña que, desde luego, estaba en mejores condiciones.

Mañana harían el cambio.

Los tres tardaron en dormirse. El buen comienzo les hizo concebir esperanzas de un cambio en sus vidas con la posibilidad de establecerse en la capital y poder traer a la familia.

Una decisión difícil

—Martín, don Ramón quiere verte.

—Ajusto la puerta del corral y ya me acerco hasta Arizcun a ver qué se le ofrece.

—No tardes. A ver si puedes estar de vuelta a la hora de comer.

—Si me dicen de quedar, volveré tarde

—Cocinan bien en esa casa —afirmó con una sonrisa.

—No mejor que tú, pero lo que pasa es que comen en abundancia. Si me quedo, algo ya traeré.

Sua, mujer de Martín, sonrió. En Bozate, lo normal era comer escaso, malo y casi siempre lo mismo. Cuando su marido almorzaba en Arizcun, escamoteaba entre su ropa algún trozo de lo que le servían. Ese regalo era festejado y saboreado por toda la familia.

—Me gustaría tener la mitad de lo que tienen los Mayandías en despensa. Verías entonces qué bien cocinaba.

—Mujer, hay quien vive peor que nosotros.

Sua no se consolaba en absoluto con el hambre de los demás.

—¿Te pagó lo de la portalada? —preguntó, al rato, inquieta.

—Mujer, eso ni se duda. Don Ramón paga pronto y ajustado al trabajo realizado. No es igual que otros señores de estas tierras que, mucha casona y mucho palacio, pero, a la hora de pagar lo convenido, mienten y *agur*. Te tienes que dar por contento si cobras la mitad. Si protestas, los jueces siempre

dudan de nuestra palabra y nunca de los *perlutas* que nos tratan de perros godos.

—Hay que aguantar —dijo Sua muy seria.

—Llevamos siglos así y el problema es que no tiene apariencia de cambiar. En Elizondo, cuando se enteran de que eres de Bozate, se alejan de ti como si fueras un apestado.

—Hijos de la lepra, nos titulan.

—Pero, cuando quieren un trabajo bien ejecutado, entonces ya acuden a nosotros. Seremos unos leprosos, pero ellos son unos hijos de...

—¡Calla, Martín! —le atajó.

Martín era uno de los muchos talladores de piedra que había en el valle del Baztán. Muchos trabajos del Camino de Santiago llevan la marca de cantero de sus antepasados. Casi siendo un niño, aprendió a distinguir los distintos usos de mazas, martillos, cinceles, punteros, gradina y escalfilador entre otros muchos útiles de trabajo. De muy joven, su padre le enseñó todos los secretos para transformar un bloque deforme de roca en una talla bien realizada.

Martín ajustó el cierre del apero, se aseó en el sobradero del pozo y partió a la cita con don Ramón.

—¿Puedo pasar? —pidió a la puerta del despacho en donde el señor estaba leyendo un legajo.

—Pasa, Martín y siéntate, que ha surgido un asunto que igual te interesa.

—Ya me dirá —dijo acomodándose en una banqueta al otro lado de la mesa.

Don Ramón se tomó su tiempo consciente de que lo que le iba a decir podía cambiar la vida de su protegido. Cargó su pipa despacio y, tras la primera bocanada de humo, empezó a hablar.

—Martín, aquí el trabajo se acaba y, en poco tiempo, me da que no tendrás ni para subsistir.

—Además, el que nos requiere nos usa como esclavos. Exigir mucho y pagar casi nada. No me refiero a usted que es diferente…

—¡Déjalo! —le cortó don Ramón—. No viene al caso hacer comparaciones. Para mí sois personas igual que yo. No creo en habladurías de abuelas ni en lo que los ignorantes han sido capaces de achacaros.

—Daño ya nos ha hecho la iglesia en eso —se quejó Martín.

—Si por mí fuera, ahora mismo tapiaba las puertas por las que os hacen entrar al templo, además de mandar a la mierda la pila de agua bendita que os asignan. ¿No es agua bendita? Entonces, ¿la bendición de Dios es diferente para vosotros? ¡Es la hostia!

—No se enfade, don Ramón, que nosotros lo tenemos asumido.

—Dejémonos de elucubraciones y voy a decirte por qué te he hecho llamar.

Martín se sintió inquieto. Si la reunión no era para encargarle un trabajo, debía de ser para algo muy diferente e importante

De nuevo, don Ramón se tomó su tiempo.

—Como te decía, el trabajo aquí va a escasear. Creo que debes cambiar de aires y buscar algún lugar en donde puedas ganarte la vida holgadamente.

—Me lo he planteado, pero ¿dónde? —dijo compungido.

—Mi hermano, que ha venido de Zaragoza, me ha hablado de un proyecto que tiene la ciudad, que opino que es una buena oportunidad. Se va a celebrar en dicha localidad una exposición que titulan Hispano Francesa y, para darle a la ciudad el empaque que corresponde, van a realizarse un buen puñado de obras. Hablan de museos, facultades, monumentos y demás edificios. Como es natural, trabajo no va a faltar durante varios años, puesto que la quieren inaugurar a principios del siglo que viene. Hablan de hacerlo en mil novecientos ocho. Martín, no tienes que tener ningún problema para que te admitan a trabajar en cualquiera de las obras. Más te diré: cuando vean los resultados de tus tallas, seguro que te emplean en labores destacadas.

—Don Ramón, Zaragoza está muy lejos —se quejó intimidado

—Déjame terminar. Mi hermano te puede acompañar hasta allí. No te asuste el viaje. He hablado con él de este asunto y no tiene inconveniente en ampararte, acompañarte en el trayecto y después dejarte instalado en la capital.

Don Ramón era consciente de lo que era para una persona que jamás se había alejado mucho del terruño distanciarse tanto. Si a ello se unía lo que para uno de Bozate era salir de su ambiente, el resultado de romper con lo que había sido toda su vida era muy difícil.

—¿Y mi familia? —puso como excusa.

—Martín, no quedará desamparada. Eso te lo puedo asegurar. Me comprometo a que no les falte de nada mientras tú estés fuera.

—Pero, no podría pagarlo—comentó.

—De eso hablaremos cuando vuelvas con el *zurraco* bien lleno —dijo con una sonrisa.

Don Ramón, a cada pega que le ponía Martín, le encontraba una solución. Para un inconveniente, le argumentaba un desenlace positivo. A una dificultad, un recurso. Le puso el futuro tan favorable que empezó a convencerse de que era lo mejor para él y para su familia.

—Don Ramón, ¿no me negarán el trabajo al saber que soy de Bozate?

—Sabrán que eres de aquí, si tú se lo dices. Además, te puedo asegurar primero que no te lo van a preguntar nunca y, segundo, que te pagarán por el trabajo realizado.

—¿Y no me pagarán menos por ser de fuera?

—Te pagarán de acuerdo a lo que pactéis. Se mirará el trabajo que realices, no de dónde procedes ni si eres de la capital o de fuera.

Quedó Martín en silencio, reflexionando en todo lo que don Ramón le había dicho.

—Lo consultaré con Sua —dijo por fin—. Si la convenzo y está de acuerdo, se lo haré saber.

—No te demores mucho. Mi hermano piensa irse, a más tardar, la próxima semana.

—Sua, quizás sea la solución a no morirnos de hambre —le comentó Martín de vuelta a casa.

—Y, si tú no estás nosotros, ¿en qué quedamos? —preguntó temerosa de quedarse sola con los dos críos.

—Don Ramón me ha asegurado que no os faltará de nada.

—Eso dice ahora. Cuando tú andes por los Zaragozas, ¿seguro que se acordará de lo prometido?

—Es hombre de palabra.

—Pero le rodean un montón de malnacidos que, si se enteran de que está ayudando a una familia de Bozate, igual le hacen la vida imposible.

—Ya está en boca de muchos, por relacionarse conmigo de la forma que lo hace. No se cansa de decir que nosotros somos personas de la misma categoría que él.

—Igual dice el cura en la iglesia y nos da el pan de comulgar con un palo.

Martín se calló durante un rato. El argumento de su mujer había sido contundente.

—¿Te imaginas podernos trasladar lejos de aquí?

—No me imagino poder cambiar de vida— dijo con tristeza.

—De todas formas, tenemos que decidir si la solución de don Ramón nos conviene o nos quedamos como estamos.

Zaragoza 1900

Mucho habían cambiado las cosas en diez años para los ayerbenses desde aquella penosa llegada a la capital.

«Talleres Sarasa-Artesanos de la piedra», rezaba el cartel de la entrada de su empresa.

Raúl, el primer capataz que los contrató, se convenció de que los tres trabajadores eran de una categoría superior al resto de talladores. Les persuadió para formar un equipo. Se juntaron con un picapedrero más, que les recomendó Raúl, y se ofrecieron en trabajos de mejor calidad. Raúl se asoció con ellos hasta que un maldito accidente acabó con su vida. La rotura de la rueda de una carreta hizo que la carga de piedras cayera sobre él.

Aprovecharon para montar su negocio unas naves abandonadas a orillas del Ebro que alquilaron al Ayuntamiento a bajo costo. Una vez que las repararon de techos, muros y tabiques, se organizaron. Un local cubierto era donde trabajaban. La nave menos arreglada la dedicaron al material en bruto y otra, un poco mejor, para el producto terminado. El edificio en mejores condiciones era donde vivían las tres familias ayerbenses y, por último, otro de iguales condiciones, pero más grande lo dedicarían al alojamiento de talladores y sus familias. En el centro de todo el conjunto había una pequeña explanada que en su momento pensaban convertirla en un jardín.

Desde un principio, los Sarasa fueron tan bien apreciados que les llovieron los encargos. Si estos seguían aumentando, se verían obligados a contratar a más talladores.

Blanca y Nuria, las mujeres respectivas de Diego y Felipe, en cuanto pudieron viajar a Zaragoza, echaron una mano en la preparación de comidas y en la organización, limpieza y aseo de los habitáculos. Con posterioridad, las mujeres de los futuros asalariados esperaban se hicieran cargo de dichos trabajos a cambio de una pequeña remuneración,

En esos momentos, la plantilla de talladores era, además de los dos hermanos y el primo, de un tallador más, el trabajador que Raúl en su día les recomendó. Se llamaba Martín Urtaiz.

Zaragoza 1905

Tomás, hijo de Diego, y su primo Carlos estudiaban el bachiller en el mismo centro. Se distanciaban en dos cursos, al igual que la diferencia en años. Sus respectivos padres estaban por la labor de que su futuro fuera halagüeño y no que siguieran picando piedras.

Tomás, cuando era muy joven, una mañana se negó a ir al colegio e intentó convencer a su padre que lo que más deseaba era aprender el oficio de tallar. Diego no se enfadó. Su hijo no entendía de piedras y jamás había tomado ni una piqueta ni un martillo ni había hecho el más elemental trabajo de tallador. Le dio un bloque de granito y le marcó las medidas para que hiciera un simple cubo. Cuando, al cabo de dos horas, el muchacho no había conseguido ni darle la más ligera forma que recordase el encargo dado por su padre, con lágrimas en los ojos y con las manos doloridas, recogió los libros y con la cabeza baja y herido en su amor propio se encaminó a la escuela. Jamás volvió a comentar su deseo de convertirse en un artista de la piedra.

Tomás y Carlos caminaban en silencio. Al primero, a sus diecisiete años, le iban a dar el resultado final del bachiller. Si aprobaba, se quedaría un año en el instituto como pasante del profesor de Historia. Esperaba que le sirviese de preparación para iniciar la carrera en dicha materia.

—¡Joder! ¡Has aprobado! —chilló Carlos cuando consultó las listas.

En el taller andaban trabajando en unas piedras que debían dar remate a unos parterres de la Facultad de Medicina y Ciencias, cuya inauguración sería en fecha próxima. Que hicieran bien los encargos y en el día concertado era uno de los compromisos que el taller cumplía a rajatabla. No sería la primera vez que, habiendo dado palabra de realizar una obra en un día concreto y sabiendo lo ajustado que iban de tiempo, trabajaron durante varias noches para cumplir con lo acordado.

—Diego, faena a la vista —dijo Luis en cuanto vio a los dos individuos trajeados que entraron en el taller.

Sacudiéndose las manos en el delantal de cuero para quitarse el polvo, Diego se acercó a saludarles. Mientras iba a su encuentro, ellos no dejaban de hacer comentarios según iban viendo las piedras ya terminadas.

—¿Es usted el jefe de talladores? —preguntó el mayor de ellos.

—Digamos que soy el encargado de que esto funcione —dijo sonriendo.

—¿Es con el que tenemos que hablar para un trabajo?

—Así es, pero vayamos hasta mi… digamos despacho —indicó señalando una mesa que estaba en un rincón del taller.

—No les invito a sentarse, pues estoy seguro de que se mancharían de polvo. Ya ven cómo está todo. Con normalidad, vienen a tratar conmigo los capataces de obra, pero ustedes son otra cosa. De haberlo sabido lo tendría más lucido —se disculpó.

Se quedaron de pie. Diego se sentó y sacó una libreta.

—Ustedes dirán —y se dispuso a tomar nota de lo que le dijeran.

Uno de ellos, con gesto serio, empezó a hablar.

—Como ya sabrá, se va a celebrar en Zaragoza la exposición Hispano Francesa y para tal evento vamos a construir un gran edificio que albergará obras de arqueología —dijo con voz engolada—. La inauguración de dicho museo está prevista para el 1908. Se van a necesitar bloques de piedra de muy diversas formas y tamaños. Algunas labradas con perfiles nada convencionales —le avisaba con énfasis—. Las entregas han de hacerse en las fechas que se indicarán y, por supuesto, solo se admitirán si tienen el visto bueno de nuestro jefe de obras.

Hizo un silencio esperando que Diego añadiera algún comentario. Al verlo callado, continuó:

—De cada parte del total del trabajo se hará un contrato que se deberá cumplir de forma precisa. De no hacerlo, se incurrirá en una falta de contrato que implicará una multa —le aclaró muy serio.

Siguió enumerando datos y detalles que a Diego le sonaban a palabrería leguleya. «Que me digan qué es lo que hay que hacer y que se dejen de tanta cháchara», pensaba. Lo que sí tenía claro es que la obra era mucho más seria que todas las anteriores.

—¿Acepta el encargo? —dijo por fin el hombre después de enumerar un sinfín de preceptos.

—Desde luego —respondió Diego. Sabía que tras toda aquella verborrea había un trabajo que les podía reportar gran fama y mucho dinero.

—En menos de un mes le traerán el contrato con las condiciones de la primera fase del trabajo. Si está conforme, el convenio será firme.

—Perfecto. Estaré esperando a su representante —dijo Diego sin saber muy bien si era el título que le correspondía a quien le tenía que traer el acuerdo.

Los acompañó hasta la salida y se incorporó a su puesto para seguir con el trabajo interrumpido.

—¿Qué tal? —preguntó Luis.

—Hermano, me parece que nos vamos a meter en algo gordo.

—¿Y eso es malo?

—Creo que nos ha tocado la lotería, pero habrá que hacer ajustes.

—¿Y eso?

—Me da que somos pocos en el taller para lo que se nos viene encima. Esta noche nos reunimos con Felipe y decidimos.

—Nos volvemos a Ayerbe —dijo Felipe nada más sentarse a la mesa.

Convocados por Diego, se habían reunido para tratar del nuevo trabajo. La noticia de la marcha del primo dejó mudos a los hermanos.

—¿Y eso? —acertó a decir el mayor.

—Nos han llegado esta mañana noticias de que la madre de Nuria se va de la cabeza. Desde que murió mi suegro, la pobre no levanta cabeza. La carta del secretario de Ayerbe nos recomienda volver. Dice que ya ha provocado varios incendios que han podido sofocarse con cubos de agua, pero teme que la cosa vaya a mayores.

» Cuenta que la mujer de un vecino la atiende y está pendiente de que no cometa ningún desmán, pero lo lógico es que sea alguien de la familia la que esté a su lado. De no hacerlo, tendrán que ingresarla en el Hospital Psiquiátrico de Huesca

Felipe se quedó callado. Se tapó el rostro con las manos y dobló su cabeza hacia adelante tocando el pecho con su barbilla. Sin poderlo evitar, empezó a sollozar con un lloro callado que le hacía estremecer todo el cuerpo.

Diego puso una mano en su espalda en un gesto de apoyo y cariño. Entendía los motivos de su primo de abandonarles, pero a su vez le contrariaba que fuera justo en el momento en que iba a haber más trabajo.

—Felipe, haced lo que habéis decidido. Siento que os tengáis que ir, pero lo entendemos —dijo mirando a su hermano que, a su vez, asentía.

Cuando se recuperó de su llantina, Felipe acertó a decir:

—Lo que más siento es que Carlos va a tener que dejar de estudiar. En Ayerbe no creo que pueda terminar lo del bachiller. —Con una pena tremenda añadía: —Voy a sentir en el alma el marcharme, pero quiero que entendáis que no me queda otra.

—Felipe, no tienes que excusarte. Mañana te daré la parte que te corresponde de los beneficios de estos años…

—¡No quiero nada! —interrumpió.

—¡Me da igual lo que digas! Te llevarás lo que te corresponde, o sea, la tercera parte. Cuando llegues a Ayerbe, la vas a necesitar para poner todo en orden Y ahora vete a ver a Nuria y empezáis a preparar la marcha —y añadió muy serio: —¡Ah! Carlos se queda en mi casa hasta que termine sus estudios o hasta que quiera.

En un principio, a Felipe le sorprendió la propuesta de su primo, pero poco le costó decidirse. Si quería para su hijo algo mejor de lo que él era, no quedaba otra que aceptar lo que Diego le proponía.

—Entonces, quiero pagar sus gastos —dijo al fin.

—Pues, ¡te vas a ir a la mierda! —le decía Diego enérgico —. Es mi sobrino y estudiará junto a su primo Tomás. Mi hijo y el tuyo se merecen tener una vida mejor que la nuestra y estaré muy satisfecho en correr con los gastos para que lo consigan.

—Gracias, Diego.

—¡Joder! —exclamó Luis, que había permanecido en silencio—. ¿Qué pasa? ¿Que no es sobrino mío también? Cuenta conmigo para su educación.

Más tranquilo, Felipe abandonó la estancia. Como bien le había dicho Diego, iba a contarle a su mujer todo lo hablado.

—Bueno, hermano, se nos plantea un problema que habrá que resolver y pronto —dijo Diego, una vez que se quedaron solos.

—He estado dándole vueltas a lo de asalariar a más gente. ¿Te has fijado cómo trabaja Bozate?

—Es el mejor que hemos contratado. Ya nos lo dijo el pobre Raúl. Hay faenas que hace mejor que nosotros.

—Lo llamamos Bozate, pero se llama Martín, Martín Urtaiz —le aclaró—. Bozate es el pueblo donde vivía. Me ha dicho que en su barrio hay gran cantidad de talladores que trabajan igual que él.

— Si son tan buenos como dice, sería una suerte poder hacernos con al menos cuatro de esos canteros.

—El otro día me insinuó que le gustaría desplazarse al pueblo para ver a sus padres. Sería un buen momento para tratar con él y que se trajera a varios de sus vecinos.

—Mañana habla con él y tantea las posibilidades de contratar a tan buenos canteros como él dice. Nunca había escuchado que hubiera canteros en dicha zona —se extrañó Diego.

—Julián me contó que tuvo un tallador que trabajó por tierras leonesas y que conoció a un cantero del Baztán, o sea de la tierra de Martín, y que se quedó maravillado de la forma que trabajaba la piedra. Que ese mismo trabajador confesó que se volvió a Zaragoza por temor a que compararan su trabajo con el del maestro.

33

—¡Coño! Pues sí que debió de sentir vergüenza.

—No sé la exageración que hubo en lo que me contó, pero sí que debe de ser cierta la fama que llevan los canteros de esa zona.

—Me conformo con que sean la mitad de trabajadores y buenos artesanos que el que tenemos —remató Diego.

—Hola, Martín —le saludó Luis en cuanto llegaron al taller.

—*Egun on.*

—El otro día me hablaste de que querías ir a ver a tus padres.

—Así es. Me he enterado de que están pasando por malos momentos.

—¿Con penurias?

—No. No es eso, son otras cosas —dijo reservado. No era muy hablador y Luis respetaba su forma de ser.

—Teniendo en cuenta que el trabajo de los parterres está terminado, sería un buen momento para que fuerais a verlos.

—Solo faltaría del taller una semana. Iría yo solo. Sua y los dos críos se quedarían.

—Tómate el tiempo que necesites. —Y, tras una pausa, continuó: —Por cierto, me hablaste de que en tu pueblo hay muy buenos talladores.

—Los mejores.

—¿Podrían venir tres de ellos para trabajar aquí?

—Seguro que, si son con las mismas condiciones que yo tengo, no lo dudarían.

—Eso por supuesto. Pero, ¿me aseguras de que son tan buenos canteros como tú?

—Si convenzo a Juan Eustorigorri, ya verá lo que es un maestro de tallar. Es el mejor.

A Luis le llamó la atención la seguridad de Martín sobre lo eficientes que eran sus convecinos de Bozate.

—Martín, vete cuando quieras. Espero que, además de ese Juan que según dices es un artista, convenzas a que vengan a dos más que, al menos, sean de igual destreza que la tuya.

—Gustarle, ya le van a gustar. Seguro.

—Eso espero.

—¿Me dice que pueden venir con las mismas condiciones que yo tengo? —intentó asegurarse Martín.

—Te aseguro que sí.

—¿Y sus familias?

—Igual que la tuya.

Martín salió del taller con paso firme. Cuando viajara a Bozate, sabría que lo que podía prometerles a sus convecinos estaba más que apalabrado con sus jefes.

En Bozate

Había viajado hasta Arizcun. Sus padres estaban intranquilos. La muerte de don Ramón, de casa Mayandía, los dejó confusos. Temían que con la desaparición de su benefactor la ayuda que recibían dejasen de percibirla. Cuando Martín habló con el albacea, quedó claro que el finado testó por escrito que no se dejara de mantener a la familia de Bozate.

Juan Eustorigorri caminaba hacia su casa con la cabeza gacha.

Las calles a esas horas permanecían desiertas. Tras ponerse el sol, poco tardaban los habitantes de la localidad en retirarse a sus hogares, reunirse con el resto de familia y cenar al amor de los fuegos de las chimeneas.

Tras tallar la entrada de una casa, el cliente había dicho que no le gustaba el trabajo. Le había dicho que el dintel no era el mismo que el que habían concertado. Juan tenía la sospecha de que ese comentario era para obligarle a bajar el precio que habían acordado. Estaba seguro de que terminaría por simular, ceder y quedarse con la obra si le cobraba la mitad.

El fatuo comprador miraba al cantero con la soberbia que da el dinero. Era un señorito de Elizondo que se estaba haciendo una casa de estilo indiano. Estos personajes, que habían trabajado por las Américas, tenían la fijación de construirse una gran casa que mostrara a sus convecinos cuán acaudalados volvían. Sus edificaciones eran de una suntuosidad muy alejada de la humildad de las familias de donde provenían. Muchos ornaban sus fachadas con falsos escudos heráldicos, intentando presumir de orígenes nobles. Hubo plebeyos que, a su vuelta, lucían los blasones que habían comprado a sus antiguos señores que habían acabado en la ruina.

Juan se había negado al regateo del cliente y se mantuvo firme en lo acordado. Cumplió a rajatabla con las indicaciones que le impuso y no se había desviado ni un ápice del dibujo que, en su momento, le mostró de cómo quería que se realizara el trabajo.

Discutieron y el petulante indiano salió del taller amenazando a Juan con llevarle ante la justicia por incumplimiento de contrato. Muchos antecedentes de casos parecidos preocupaban a Juan. No sería la primera vez que los de Bozate habían sido recusados, aunque la razón estuviese de su parte. Demasiados años de sumisión, desprecio y abusos.

Recordaba con amargura la alegría que tuvo su abuelo en las navidades del 1819. El anciano contaba que les comunicaron, a bombo y platillo, que era suprimida la marginación que sufrían gracias a un edicto de las Cortes de Navarra. Todo fue un espejismo. Los habitantes de los valles siguieron viéndolos como apestados y relegándoles a oficios que no contagiaran sus males. La madera y la piedra, decían, eran aislantes para evitar infestarse. Era por lo que los de Bozate habían llegado a ser auténticos maestros en el arte de trabajar esos materiales.

Llegó a casa y, sin decir nada a nadie, se sentó a la mesa y esperó a que su mujer le sirviera la cena. Sus dos hijas, cuando vieron la cara que traía, no se atrevieron a importunarle.

—Te quiere comentar Juana que Izko no hace más que molestarla —le avisaba Nekane sirviendo la sopa.

—¡Madre! Se lo he contado para que me aconseje, no para que lo vaya pregonando —se quejaba malhumorada la hija mayor.

—¿Qué te ha hecho?

—Nada, padre. Solo que está empeñado en querer salir conmigo —explicó molesta.

—Un poco *zacarra* es, pero tienes poco para elegir por estas tierras y ese chico no es de mala familia.

—¡Solo le importa eso! ¿No tiene importancia el que me guste o no? Ya veo que me tendré que casar con el hombre que usted decida —estalló al tiempo que se levantaba de la mesa y miraba a su padre con los ojos húmedos.

—Así ha sido y así será. Nos casamos con gente de nuestra misma condición y costumbres. No esperes casarte con otro que sea de fuera de este pueblo. No sueñes con quitarte de encima el sambenito que hace siglos nos colgaron y que arrastraremos hasta que nos muramos.

Terminaron de comer en silencio. Más tarde, cuando la hija menor se fue a la cama, Nekane le comentaba a su marido:

—Has sido muy brusco con Juana. La chica solo quería que le parases los pies a Izko.

—Son cosas de jóvenes y tiene que aprender a defenderse. Si no quiere salir con él, que se lo diga a la cara.

Hacía dos días que Martín había llegado a Bozate y le había avisado de que quería hablar con él de algo muy importante. El hecho de que hubiera abandonado el pueblo y ahora viviera en Zaragoza con la familia a Juan le sorprendía. Sabía que solo sabía ganarse la vida cincelando piedras, por lo que resultaba extraño que, de ese trabajo y en esa tierra tan lejana, subsistiera.

Juan Eustorigorri miraba a Martín y le resultaba difícil creer lo que le contaba

—¿Y nadie te llama leproso o *astoa*? —preguntaba incrédulo.

—¡Joder! Escucha lo que te digo: allí solo les preocupa que hagas bien tu trabajo y lo que tú seas, pienses o hagas en tus horas libres les da igual.

—Me parece extraño que no nos traten como lo hacen todos en el valle.

—Te repito. A mis jefes les hablas del Baztán y es como si yo te hablo de la Seo.

—¿Eso qué es?

—Ya ves lo que te digo. No lo sabes y, si te lo explico, te importará poco.

—Pero, ¿es que no saben que somos de Bozate? —insistía.

—Juan, no saben ni dónde está este pueblo y les importa un higo lo que pase en él. Repito, te juzgarán por tu trabajo y cómo te comportes realizando la faena.

Juan se quedó un rato pensativo.

—Y ¿dices que pagan bien? —decía empezando a convencerse de lo que le proponía su amigo.

—Desde el primer día que empecé a trabajar, no me faltaron cuartos para vivir cómodamente.

—¿Y no te discuten la cantidad a pagarte?

—Juan, en el momento que entras a trabajar se estipula lo que vas a cobrar y, si cumples, recibes lo concertado.

A Juan lo que le contaba Martín le parecía un sueño dorado. No dudaba de lo que le decía, pero era tan bonito que, de todas maneras, pensaba que exageraba. Aun siendo menores los atractivos que le exponía, siempre sería mejor que lo que le esperaba a él y a su familia permaneciendo en Bozate.

—De todas formas, tendré que convencer a Nekane —dijo como excusa para darse un tiempo para pensarlo.

Martín, una vez que había hablado con Juan, se dedicó a convencer a Unzúe y a Cizur que, aunque de menos maestría que Juan, eran dos buenos talladores. Tenían la ventaja de ser jóvenes y solteros y, por tanto, no estar sujetos a unas fuertes ataduras familiares.

Unzúe, como decían los abuelos, era un "corre faldas". Mucho más alegre que sus convecinos y siempre dispuesto a tirarle los tejos a cualquier zagala que pasara cerca.

—¿Y dices que allá las mozas no tienen en cuenta que somos de Bozate? —preguntó a Martín.

—Les importa poco de dónde eres. Ya te digo, que los rubios con ojos azules les atraen —le aclaró Martín.

—¡Me voy contigo! Zaragoza está lejos de la hostia, pero, si es verdad la mitad de lo que cuentas, vale la pena —dijo entusiasmado.

—Has de llevarte tus herramientas —le comentó.

—¡Y la mula, si hace falta!

—No seas animal. En lo que sí que tendrás que tener cuidado es al hablar. A los jefes deberás tratarlos con respeto.

—Como si fueran obispos los voy a tratar ¡Joder, lo que sea! Si la cosa es como dices, hago lo que haga falta para vivir en ese paraíso.

—¡Ah! Y no hace falta que vayas contando cómo nos tratan aquí los de los valles ni historias pasadas. Piensa que vas a una tierra donde no saben nada de lo que aquí ocurre ni de lo que nos cuentan los abuelos.

—Por mí, esos *perlutas* no se enterarán nunca de lo que aquí pasa.

—Y olvida eso de *perlutas* para referirte a los que no son como nosotros. En Zaragoza todos, y repito, todos somos personas.

Con Cizur la cosa fue diferente. Era más sesudo que Unzúe. Empezó por preguntar en qué circunstancias iban a quedar sus padres y siguió por las condiciones de trabajo y vida que iba a llevar. Cuando todo lo tuvo claro, le dijo que contara con él.

En tres días partieron los cuatro hacia Zaragoza.

A Juan le costó convencer a Nekane. Solo con la promesa de que en cuanto tuviera ocasión la llamaría a su lado, cedió en que se marchara. Unzúe era feliz. Dejaba volar su imaginación, viéndose rodeado de chicas que le adulaban su pelo y sus ojos azules. Cizur, mientras tanto, miraba por la ventanilla del tren y casi contaba las leguas que, poco a poco, le iban separando de la casa de sus padres. Los tres, por encima de todo, estaban inquietos al desconocer en que se iban a encontrar lejos del lugar que hasta hacía unas horas era el centro de sus vidas.

Martín los miraba y sonreía. Veía en ellos las mismas inquietudes y miedos que tuvo él cuando, hacía ya unos años, acompañó al hermano de don Ramón. También llevaba en la cabeza volver a hablar con otro tallador, Zain de Bozate, que ya trabajaba en Zaragoza.

Primer contacto

Juan Eustorigorri ya llevaba trabajando en Talleres Sarasa cuatro meses. Su familia hacía tan solo seis días que había llegado a Zaragoza.

Juana, la hija mayor, estaba asombrada de los cambios en su nuevo paradero.

El primer domingo, tras la llegada a Zaragoza, cuando con el resto de familia fue a misa, estuvo buscando la puerta por la que creía debían entrar al templo. Se quedó confundida cuando su padre le indicó que pasarían por la misma que el resto de fieles. Lo mismo ocurrió al tomar agua bendita. Solo había una pila que usaban todos. Una vez que entró, se dirigió a la parte trasera, debajo del coro. Sería difícil olvidar las costumbres que desde que nacieron siempre les habían impuesto.

Días más tarde, cuando Juana se cruzó por primera vez con Tomás, agachó la cabeza y no contestó a los buenos días que el muchacho le dirigió cortésmente. Sabía que era el hijo del dueño y le sorprendió que tuviera esa atención con ella. No estaba acostumbrada a que nadie, fuera de la comunidad a la que pertenecía, la tratara con afabilidad.

La segunda vez que se encontraron, Juana fue consciente de que no había sido por casualidad. Él había buscado el momento para coincidir.

—¡Hola! Eres la hija del maestro Eustorigorri, ¿no?

Le sorprendió el título que dio a su padre. Normalmente era nombrado solo por el apellido a secas.

Con la cabeza baja, se atrevió a contestar:

—Sí. ¿Qué quiere usted?

—¡Dios mío! Somos casi de la misma edad. Me llamo Tomás. Haz el favor de no tratarme de usted.

—Mi padre es un empleado —aclaró Juana sin encararse todavía con su interlocutor.

—Y mi padre es el dueño del taller, pero yo no. Solo quiero conocerte. Somos vecinos y vivimos en el mismo recinto. Es natural que nos veamos muy a menudo. Me gustaría saber de ti.

Juana no pudo evitar, como un flash, recordar a Izko. El muchacho que allá en Bozate la importunaba casi a diario, rogándole que querían ser novios y jurándole que deseaba casarse si ella aceptaba. Había dos cosas que, en un instante, supo diferenciar entre su lejano pretendiente y el hijo del jefe. La primera era la dispar educación. El otro, además de ser un pesado, intentaba cogerle las manos buscando acercarse a ella y atosigándola con lisonjas; este era educado y no quería más que, según decía, conocerla mejor. La segunda, y no por ello menos importante, era que, mientras Izko apestaba a sudor, a campo, a estiércol, su interceptor olía a… —tardó un poco hasta que dio con la descripción exacta— olía a limpio.

Cuando se rehízo, intentó esquivar a Tomás y seguir su camino.

—Pero, ¡Juana! ¿Se puede saber qué te pasa? Solo pretendo hablar contigo y, como ya te he dicho, conocerte mejor.

—¿Cómo sabe usted cómo me llamo? —dijo con un falso tono de enfado y mirando a los ojos a Tomás.

—Por lo mismo que tú sabes mi nombre —aventuró, pegando un tiro al aire y esperando que esa suposición fuera cierta.

Juana se quedó muda. Tomás había acertado de plano. Desde el mismo día en que llegaron y lo vio saludando a su padre, se había interesado en saber de él.

A Tomás le gustó aquel silencio. Le confirmó que había acertado y le satisfizo.

—No quiero que te sientas cohibida ni que estés molesta. No me veas como el hijo del jefe. Soy Tomás, a secas, y solo quiero ser un amigo sin importarme nada más.

—Perdone, pero tengo prisa —dijo Juana intentando zafarse.

—Juana, ¿qué pasa? ¿Hay algo que te molesta o que te asquea de mi persona?

—No. No es eso.

—¿Entonces? No lo entiendo.

—Usted y yo somos muy diferentes.

—Vuelvo a decirte que lo que sean los padres no tiene que interponerse en nuestra amistad.

Juana se quedó en silencio durante un buen rato y, por fin, se decidió a decir:

—Yo soy de Bozate y usted no lo entiende.

—No creo que por haber nacido en distintos sitios seamos diferentes. Te diré —dijo tomando aire—. Hay en mi centro de estudios dos chicos que son africanos. Nacieron lejos de aquí. Su idioma es diferente al nuestro, sus costumbres extrañas, como el llevar las orejas perforadas, y por supuesto, tienen la piel más negra que el carbón. Pues bien, yo los considero mis amigos al igual que todos los demás compañeros. Con dificultad nos hablamos, ya que chapurrean muy mal el español, pero compartimos ideas. Y procuramos entendernos.

Dejó pasar un rato hasta que, por fin, concluyó:

—No entiendo entonces por qué tú y yo no podemos al menos hablar y pasar un rato juntos por muy diferente lugar en el que hayamos nacido.

Juana se quedó asombrada de lo que había dicho Tomás de sus amigos. Que la piel era más negra que el carbón.

Cuando se repuso, se dio cuenta de que no tenía más excusas que darle para dejar de hablar con él. No quería entrar en explicarle cuál era el motivo real por el que era imposible que ellos dos pudieran coincidir y mucho menos coexistir.

Sin decir ni una palabra más, lo rebasó y siguió su camino.

Él se quedó confuso y contrariado.

Los dos primos volvían del instituto.

—Se nota que hay más trabajo —comentó Tomás.

—Desde luego. El piqueteo de los martillos ha aumentado y se aprecia que han venido más familias. ¿Sabes en qué me he dado cuenta?

—A saber.

—En que los tendederos de ropa están más llenos.

—Y la cantidad de bragas secándose ha aumentado —le argumentó Tomás sonriendo.

—Exacto.

—Deben de ser de la misma familia.

—¿Y eso?

—¿No te has fijado? Todos son medio rubios y con ojos azules.

—El que más me impresiona es ese que tiene un apellido tan raro.

—Eustorigorri.

—¡Coño! Te has aprendido su nombre.

—Me gustó en cuanto lo oí.

Carlos, tras un momento en silencio, exclamó:

—¡Ahora caigo! A ti la que de verdad te ha gustado es Juana, la mayor de sus hijas.

Tomás no pudo reprimir que el rubor le encendiera el rostro. Le salvó de las burlas el que iban andando parejos y su primo no volvió la cara para ver la reacción que habían producido sus palabras. De todas formas, se defendió diciendo:

—Tampoco es nada raro que me haya fijado en ella.

—Desde luego que no. Alta, guapa, rubia como el oro, que diría un cursi, y con unos ojos tan azules que, cuando te miran, dan la impresión de que te hipnotizan.

—He intentado varias veces establecer una conversación con ella, pero huye como si tuviera miedo de algo.

—Será porque eres el hijo del jefe.

—Creo que no. Que es otro el motivo.

—Si quieres hablo con Petri.

—¿El hijo de Martín?

—Hace días que nos pegamos buenas charradas. Me ha contado costumbres y tradiciones muy extrañas de las gentes de su pueblo.

—¿De los vascos?

—¡No! ¡Qué va! De su barrio. Ellos se enfadan si les preguntas que si son vascos

—¡Claro! Dirán que son navarros.

—Pues tampoco. Dicen que son otra cosa. A ver si me lo explica y ya te contaré.

Y, tras un momento de reflexión, agregó refiriéndose a Juana:

— De todas formas, ya sabes que las guapas, como se saben bonitas, son un poco creídas y fatuas.

A Tomás no le gustó la apreciación de su primo.

—¡Hombre! Todas las guapas ¿no serán iguales?

—Juana no, desde luego —aclaraba Carlos aguantándose la risa.

Siguieron caminado en silencio. Tomás, molesto y Carlos, divertido.

El taller estaba a pleno rendimiento. El primer contrato de la obra del museo ya se había firmado hacía varios días. Tenían un mes para realizar el primer encargo. Al finalizar la jornada, ya vencida la tarde, partían varios carros cargados con piedras talladas. De momento, las necesarias para la construcción, de acuerdo con el contrato. Eran de pequeño volumen y siempre era más cómodo trabajarlas en el almacén de la fábrica que en el lugar de la obra. Llegaría un momento en el que las piedras más grandes habría que tallarlas in situ.

Diego estaba encantado con los nuevos. Muy callados, atendían a las instrucciones que se les daba y se ponían manos a la obra. Hablaban poco. Si acaso, Juan Eustorigorri, que parecía saber más que los demás, daba un par de disposiciones a los suyos de la faena a realizar. Eran rápidos y los resultados muy satisfactorios.

En la vivienda de los trabajadores, el local de dos pisos cercano al taller, Juana en su dormitorio estaba tirada en cama. Para evitar que la oyera su madre y su hermana, se tapaba la cara con la almohada. Tomás acababa de intentar hablar con ella y, al no poder hacerlo con libertad, le había producido una llantina difícil de contener.

51

—¡Juana, a comer! —anunció su madre.

Reponiéndose, contestó la interpelada desde su cuarto.

—¡No tengo hambre, mamá!

—Y a tu hermana, ¿qué le pasa? —le preguntó a Edurne, su otra hija.

—Estará enamorada —dijo en plan de broma y con una sonrisa.

—¡Ay, Dios! Si lo hace, que sea de uno de los nuestros.

—Pues por aquí va a ser difícil encontrar novio — aclaró contenta.

—Están Unzúe y Cizur.

La carcajada fue sonora y larga.

—Con esos dos, ¿qué pasa? —dijo Nekane extrañada.

Cuando por fin pudo acallar la risa, Edurne le aclaraba:

—Unzúe se fija en Juana y en toda chica que pasa por su lado. El día que una de Zaragoza le haga "tilín", estoy segura de que se irá a donde ella le diga y le importará poco que sea de Bozate, de Arizcun o de Elizondo—. Y tomándose un respiro añadió: —Y Cizur, ¿te has fijado cómo es? Muy serio y responsable, pero feo, más que una *ahuntza*.

Las dos rompieron a reír.

—Pues lo tiene difícil Juana—dijo una vez calmada.

—*Ama*, da tiempo al tiempo.

El accidente

—¡Diego! ¡Diego! —Un obrero se acercaba a la casa corriendo y gritando desaforado.

—¿Qué pasa? —dijo asomándose a la ventana de su recién estrenado despacho en casa de los Sarasa.

—¡Luis, su hermano, ha sufrido un accidente! —gritó mientras señalaba con la mano extendida el almacén en donde se encontraba el taller.

Sin ponerse la chaqueta salió y se encaminó, a toda prisa, hacia el lugar que le había indicado. A su lado corría el obrero que resoplaba con la carrera.

—¿Qué ha pasado? —preguntaba nervioso Diego.

—¡*Harria, harria*! —una piedra, una piedra, decía asustado, sin acertar a decir nada más.

Cuando entraron en el local, un grupo de obreros rodeaban un cuerpo tendido en el suelo.

Diego se acercó y se percató de la gravedad de la situación. Se arrodilló. Tomó la cabeza de su hermano y se tranquilizó ligeramente al ver que le miraba. No había perdido el conocimiento, aunque respiraba entrecortado.

—¿Qué ha pasado? —interrogó, fijándose en la herida que Luis tenía en el muslo.

—Trabajaba en la columna y, sin saber cómo, se le ha venido encima —explicó el obrero que había sido testigo de lo ocurrido.

Luis, con un hilo de voz, dijo mirando a su hermano:

—La culpa es mía, no he asentado bien la piedra y se ha vencido. He intentado sujetarla, pero el peso me ha superado.

—¡Calla! Respira tranquilo. Te llevamos a casa, te acostamos y llamamos al médico.

Varios obreros se agacharon dispuestos a trasladar al herido. Al levantarlo, fue cuando Diego vio la mano. Estaba casi en su totalidad machacada. Una idea terrible pasó por su cabeza. Esperaba equivocarse.

—Durante dos semanas no debe levantarse de la cama y después, no debe ponerse en pie sin ayuda de las muletas. No me explico cómo no ha llegado a romperse el fémur. Debe dejar que el músculo se recupere y vuelva a su estado primigenio —decía el doctor tras el reconocimiento del muslo lesionado—. No obstante —añadía—, es posible que le quede de por vida una ligera cojera. El aplastamiento ha sido muy fuerte.

—¿Y la mano? —preguntó Diego temiéndose lo peor.

—Está muy dañada. Mi pronóstico será definitivo cuando, una vez que cure las heridas, quitemos las vendas y podamos hacer unas placas. Entonces podremos decir cuál puede ser su futuro. De todas maneras, adelanto que va a perder un tanto por ciento muy alto de su movilidad y, desde luego, no podrá utilizarla como hasta ahora. Pasará mucho tiempo hasta que tenga la fuerza necesaria para valerse de ella.

Los temores de Diego se habían confirmado. Era la izquierda, pero en la talla es la que maneja, dirige y conduce el trabajo a realizar en la piedra.

Diego acompañó al doctor hasta la puerta. Dio las gracias a los obreros que habían ayudado a trasladar al herido y, antes de reunirse otra vez con su hermano, se tomó un tiempo. Se sentó en el despacho y, aguantándose unas ganas de llorar tremendas, apoyó en las rodillas los codos y cogió su cabeza entre las manos.

Hacía poco que él se había hecho cargo de lo referente a la dirección y administración del negocio, y su hermano de la organización del trabajo en el taller. Lo ocurrido lo cambiaba todo.

Blanca, esposa de Diego, entró y le puso la mano en la espalda. Levantando la cabeza él le sonrió con gesto triste y comentó:

—¡Qué mala suerte! Esto va a cambiarlo todo —dijo pensando en el trabajo.

Ella, desde un principio, valoró la situación de distinto modo.

—Hay que atender a tu hermano, eso no se pone en duda, pero entenderás que el trabajo que se me viene encima es tremendo. Creo que habrá que atender a Luis a todas horas, pero ¿podré añadirlo al esfuerzo que ya de continuo realizo? La casa, la comida, atenderos a ti, a nuestro hijo y al sobrino, ir a comprar, reparar la ropa que destrozáis en el taller ... —siguió Blanca exponiendo lo que iba a suponer tener a una persona en cama y atenderla. Sabía que Luis era una persona inquieta y no iba a ser el enfermo sumiso y callado que, tranquilo y sin molestar, dejara pasar el tiempo.

—Voy a buscar a alguien que te ayude —dijo Diego dándose cuenta de lo que a su mujer se le venía encima.

—¡Señor! ¿Puedo pasar? —le dijo Juan Eustorigorri ante la puerta abierta del despacho de Diego.

Diego, después de recibir la visita de los señores trajeados que tuvieron que mantenerse de pie, por estar todo lleno de polvo y sintiese vergüenza, había instalado en los bajos de la vivienda principal un cuarto que, sin pretensiones, era una dependencia digna de recibir a posibles clientes.

—Pasa, Juan. ¿Alguna queja?

—No, no señor. Por nada de eso vengo.

—Entonces, tú dirás.

—Entiendo que su señora necesitará ayuda ahora que el señorito Luis quedará en cama.

Juan era parco en palabras, como todos los suyos. Decía las precisas. Diego, si quería saber a qué venía, debía ser él el que le sonsacara el motivo de la visita.

—Eso es cierto, y...

—He pensado en cómo ayudarle.

—¿Cómo?

—Tengo una hija que podría echarle una mano.

—Me imagino que hablas de la mayor.

—Sí señor, Juana. No es *badarra*. Tiene dieciséis años y es capaz de hacer todo lo que le manden.

—Pues sí. Sería para mi mujer un alivio en sus quehaceres. ¿Cuándo podría empezar?

—Cuando usted diga.

—¿Mañana por ejemplo?

—A primera hora aquí estará.

—Vale, Juan, pero hemos de hablar del precio.

—Le tengo por un hombre justo. Usted pagará lo que corresponda.

—¿Y si me quedo corto?

—No lo creo. —Dio un paso atrás y añadió: —Si no manda nada más, me vuelvo al trabajo.

Antes de salir, se quedó parado. Al verlo indeciso, Diego le preguntó:

—¿Hay algo más, Juan?

—Señor, no sé lo que el médico le habrá mandado al señorito Luis para curarse, pero, si usted me lo permite, le recomendaría algo.

Diego, sorprendido, dejó sobre la mesa el contrato que estaba dispuesto a leer y prestó atención.

—Tú dirás —dijo con curiosidad.

—En Bozate tenemos muchos accidentes iguales a los que ha sufrido su hermano.

—Sé que todos trabajáis la piedra —le decía Diego dándole pie para que continuase hablando.

—A falta de médicos, somos nosotros los que, desde siempre, tenemos *erremedioak*, remedios para curarnos.

—¿No hay doctores en la zona?

—Sí los hay, pero no para nosotros.

—¿Sois acaso unos apestados?

Juan se quedó muy serio y en silencio. Diego pensó que le había ofendido el comentario.

—No he querido insultarte. Es una forma de expresarme. Dime qué es lo que quieres decirme con lo que os curáis.

La aclaración le dulcificó el rostro y el tallador volvió a hablar:

—Mi mujer sabe hacer un emplaste para colocar en las heridas y sobre todo en los aplastamientos. No cura, pero alivia el dolor.

—¿Y es muy caro el remedio?

—Con hierbas silvestres se hace.

—¿Y dices que tu mujer lo sabe hacer?

—En cuanto se enteró del accidente, las cogió a orillas del Ebro y ya lo tiene preparado. Por si el señor quiere ponérselo al herido.

Diego pensó que nada se perdía aplicando el remedio. Teniendo en cuenta que los calmantes recetados no parecían hacerle mucho efecto, unas hierbas sobre el muslo no empeorarían la situación.

—Se lo pondremos a mi hermano.

—Mañana mismo lo trae Juana.

Y, sin decir más, salió del despacho.

Tomás, junto a su primo, volvía del instituto y se llevó una sorpresa mayúscula al ver a Juana acudir a la habitación de su tío. Llevaba un vaso de agua para el herido y pasó a su lado sin decir nada.

—Mamá, ¿qué hace aquí esta chica? —dijo mostrando sorpresa y disimulando la alegría que le producía la aparición.

—Nos echa una mano atendiendo a tu tío. Yo no alcanzo para acudir a todo.

La confesión

—¡Padre, no soy una criada! —Juana protestó cuando le comunicó la decisión de que fuera a casa de su jefe a echarle una mano a su mujer.

—Antes se lo tenías que haber contado —apuntó Nekane.

—Si este año no va a poder empezar sus estudios, será mejor que se ocupe en algo. Además, no nos vendrá mal otro ingreso —aclaró tajante.

—¿Le van a pagar? —preguntó la madre extrañada.

—No hemos quedado en una cantidad. Ergela no es. Él sabrá lo que debe darle.

—¿Cuál va a ser mi trabajo? —preguntó Juana, curiosa.

—Harás lo que te manden. El señorito Luis después del accidente no debe levantarse de la cama, seguro que habrá que ayudarle.

—O sea, que voy a hacer de enfermera —concluyó.

—¡Yo qué coño sé!

—Espero que no tenga que hacer funciones como lavarle, afeitarle o… limpiarle el culo —comentó la madre alarmada.

—No tengo ni puta idea. ¿Queréis esperaos a ver qué ocurre? —estalló Juan.

En casa de Diego, Juana estaba inquieta esperando que le indicaran cuál iba a ser su trabajo.

—Solo quiero que estés atenta a lo que mi cuñado necesita —le dijo Blanca—. Es muy pesado. Te pedirá agua, que le alcances el periódico, que preguntes qué es lo que vamos a comer, que abras las cortinas o que las cierres, que le pongas una manta o que se la quites, y así mil impertinencias de las que yo no puedo estar pendiente. Cárgate de paciencia y te aseguro que te lo compensaré.

—No se preocupe, señora. Estaré atenta a todo lo que quiera el señorito —le aseguró—, pero…

—¿Hay algo que te preocupa? —le comentó al verla con recelo

—Señora… si el señorito… bueno, si quiere… si necesita…

—¡Ah! Comprendo. Si tuviera una urgencia, digamos fisiológica, entonces llámame. No te vas a encontrar con ninguna situación comprometida. Como habrás visto, esta misma mañana he sido yo la que le he administrado la pomada que has traído — le tranquilizó—. Si necesita algo en lo que te puedas sentir incómoda, no dudes en pedir ayuda.

Llegó el momento que Juana había temido. Le llevaba un vaso de agua al herido cuando se cruzó con Tomás. No se hablaron, pero ella notó la cara de sorpresa que puso al verla.

—¿Han venido mis sobrinos? —preguntó el herido tras dar un sorbo.

—Sí, señorito. Están hablando con la señora.

—Diles que vengan cuando terminen.

Juana salió de la habitación nerviosa. Tendría que hablar con Tomás y comunicarle la petición de su tío.

—Señorito Carlos, su tío quiere verlos —dijo aprovechando que fue al primero que se encontró.

—Díselo entonces también a Tomás —le contestó, a sabiendas de lo que a ella le iba a importunar verse con su primo.

—¿No podría decírselo usted? —pidió con un hilo de voz.

—El cuarto de mi primo te coge de pasada. Avísale tú, que yo tardaré un rato en acudir a la llamada— insistió.

—¡Señorito Tomás! —llamó Juana dando unos suaves golpes en la puerta.

—¡Hola, Juana! ¿Qué quieres? —abrió asombrado de oírla.

—Le llama su tío.

—Ahora mismo voy. ¿Te das cuenta de que es la segunda conversación que hemos tenido hasta ahora? —apuntó con una sonrisa.

—Perdone. He de volver con el enfermo —dijo. Y a toda prisa se alejó por el pasillo.

—Juana, no queda más remedio que cruzarte conmigo un montón de veces. Al final, tendrás que decirme qué coño te pasa —le chilló con enfado. Si hubiese podido ver la cara de ella, la habría visto cuajada de lágrimas.

Juana no volvió a la habitación de Luis. Saltándose lo acordado con la señora, de permanecer al lado del enfermo cierto número de horas, huyó a su casa.

—¿Qué ha pasado? —preguntó su madre alarmada en cuanto la vio.

—¡Nada! —dijo encerrándose en su habitación y clausurándola con un pestillo.

—¡Déjame entrar! —ordenó la madre, sin dejar de pensar que algo muy grave le había ocurrido en casa de los Sarasa— ¿Por qué lloras?

—Juan, tu hija ha venido llorando —le comunicó Nekane en cuanto entró para comer.

—¿Y por qué?

—A ver si ha ocurrido algo con el señorito Luis —apuntó alarmada.

—¿Qué sabes, Edurne? — le preguntó a su hija pequeña, al verla sonreír.

—*Aitá*, me parece que no tiene nada que ver con su trabajo. Es que…

—¡Cállate! —ordenó Juana, que había entrado en el comedor sin que nadie se percatara.

—Hija, cuenta qué ha pasado —dijo el padre—. ¿Tendré que ir a don Diego a que me lo diga?

—Es algo muy personal —se atrevió a argumentar.

—Si no cuentas de qué va, podemos pensar que tiene que ver con algo desagradable que haya pasado con alguno de los Sarasa.

Iba a contestar, cuando unos golpes sonaron en la puerta.

—Pase, don Diego —dijo Nekane muy nerviosa al verlo. Se imaginó que algo muy grave debía de haber pasado para que se presentara en su casa de esa manera.

—¿Qué se le ofrece? —preguntó Juan levantándose de la mesa: —¿Quiere sentarse? —Le propuso, al tiempo que le acercaba una silla.

—¡Hola, Juana! Contigo quería hablar —declaró al verla, rechazando el asiento que le ofrecían.

—Usted dirá — dijo ella con la cabeza baja.

—Mi mujer me ha dicho que te has marchado de casa casi corriendo y que le ha parecido que llorabas. Ha sido después de hablar con mi hijo Tomás y necesito saber si te ha dicho o te ha hecho algo que haya podido ofenderte.

—¡No, no! —dijo casi chillando.

—¿Entonces? —manifestó Diego extrañado.

—Es que…

—Es que le gusta su hijo —interrumpió Edurne a su hermana sorprendiendo a todos.

Se produjo un silencio conventual. Nadie se atrevía a romperlo con algún comentario.

—Juana, ¿qué tiene que ver lo que dice tu hermana para salir huyendo de mi casa? —se atrevió Diego, por fin, a preguntar.

—Cosas de chiquillos. Ya sabe usted. A ciertas edades, las vergüenzas y la timidez hacia las mujeres nos hacen reaccionar de formas muy raras —aclaró Nekane intentando echarle un capote a su hija.

—Espero que sea eso. Me he llevado un susto de muerte. Hablaré con mi hijo y le diré que…

—¡Perdón! Mejor que no le diga nada —le manifestó Nekane.

—Es posible que sea lo mejor —dijo Diego después pensarlo un momento—. Son cosas de chavales que deben resolver entre ellos. —Mirando a Juana declaró: —Mañana espero que te incorpores al trabajo.

—Mañana estará en su casa —dijo Juan de manera tajante.

Después de salir Diego, la familia se quedó expectante.

—¿Por qué has tenido que decir nada? —chilló Juana mirando fijamente a su hermana.

—Porque tú eres tan tonta que no sabías qué decir —le reprochó Edurne.

—¿Te gusta el hijo de mi jefe? —preguntó Juan serio.

— Es cierto que me gusta, pero sé cuál es mi posición y no pasará nada —aclaró Juana con ojos húmedos.

—Sabes que nuestra costumbre es casarnos entre los de nuestra condición. No vayas a hacerte ilusiones de que un *perluta* se fije en ti —le aclaró.

—Lo sé, padre. Por eso no quiero ni hablar con el hijo del jefe ni con cualquier otro que no sea de nuestra comunidad.

—Tenlo presente —atajó.

El militar

En el banco de piedra que había adosado a la fachada de la casa de los talladores, Petri, el hijo de Martín, y Carlos se reunían de vez en cuando a hablar. Tenían la misma edad.

Tomás había encargado a su primo a ver si era capaz de averiguar cuál era el misterio por el que Juana siempre le rechazaba con el argumento de ser diferentes.

Carlos, que no se caracterizaba por ser muy diplomático, preguntó a su amigo con la discreción de la que hacía gala:

—Petri, ¿qué es eso de que no somos iguales?

El interpelado, no tenía muy claro si debía contarle a su amigo todo lo que había oído hablar a padres y abuelos, y optó por una respuesta no comprometida.

—No más distintos de vosotros, pero es que nosotros somos de Bozate.

—¡Coño! Yo soy de Ayerbe y no por eso soy especial.

—¡Nosotros somos agotes! —contestó con arrogancia, sin pensar qué es lo que estaba diciendo.

—¿El qué?

—¡*Gora doa!* — le gritó la madre asomada a ventana, ordenando que subiera con rapidez, acabando bruscamente con la conversación de los dos amigos.

Petri saltó del banco y desapareció escaleras arriba, consciente de la estupidez que acababa de cometer.

Carlos se quedó perplejo y pensativo. Qué era eso de ser argote, agorte, amorte o ¿qué era lo que había dicho? ¿Y por qué su madre reaccionó tan violenta?

—Tomás, hemos de ir a la biblioteca y consultar qué es ser argote o amorte o margote o algo parecido —le decía Carlos a su primo.

—¿Tan importante es?

—Me da que es la respuesta, por lo que te dice Juana que es diferente.

—Y Petri, ¿no te lo ha dicho o te ha dado alguna pista más?

—Hace dos días que no lo veo. Desde que intentó explicarme lo distintos que somos, no aparece por ningún lado. Deben de prohibirle salir de casa.

—Castigado por hablar del tema.

—Por favor, ¿me podían informar? —una voz grave sonó tras ellos.

Los dos primos se asustaron al volverse y encontrase con un uniforme militar.

—Desde luego, ¿qué quiere saber? —preguntó Tomás una vez repuesto.

—Me han dicho que en estos talleres trabaja Martín Urtaiz.

—Sí. Es uno de los talladores.

—Quisiera hablar con él.

—Estará en el almacén.

—¿Quién es el encargado para solicitarle si Martín puede hablar conmigo un momento? —se expresaba sin el tono del que hace una pregunta. Sonaba al que está acostumbrado a dar órdenes.

—Con mi padre. Está en el despacho —dijo señalando el edificio.

—Gracias —expresó, al tiempo que marchaba en la dirección que le había indicado.

—¿Quién será y qué querrá? —comentó Carlos una vez que el militar se alejó.

—¿Te has fijado en las estrellas tan gruesas y muchas puntas que lleva en la bocamanga? Y en el sobrecuello unos castillos bordados.

—Desde luego, es un pez gordo.

Al rato, vieron al militar y a Diego encaminarse hacia el taller.

Sentados a la mesa a la hora de comer, Tomás no pudo aguantar la curiosidad que le corroía.

—Papá, ¿qué quería el militar?

—Es un oficial de pontoneros que necesitaba hablar con Arizcun… con Martín.

—¿Pontoneros?

—Es un regimiento que, entre otros menesteres, tiene la misión de hacer puentes con pontones, de ahí el nombre.

—Y ¿de qué quería hablar con Martín? —preguntó Blanca, al tiempo que puso en la mesa el segundo plato.

—La verdad es que, a ciencia cierta, no lo sé. Como comprenderás, me he alejado en cuanto se han reunido. Cuando se ha presentado, me ha dicho que era un Mayandía con raíces familiares en Arizcun y que quería hablar con Martín de un tema particular.

—Entonces el militar sabrá cosas de ese pueblo —comentó Carlos.

—Y a ti, ¿qué te puede importar eso? —observó su tío, extraño.

—Es por saber más de los talladores navarros. Son tan discretos que no conocemos nada de sus vidas.

—Juana apenas me habla y yo solo intento trabar amistad con ella —señaló Tomás, procurando disimular el verdadero motivo.

—¡Ya! —remarcó la madre, dando a entender que sabía cuál era la auténtica turbación de su hijo.

—Me llama la atención que todos son rubios o castaños y de ojos azules o verdes —comentó Blanca.

—Lo dará el ser del norte. Dicen que, por esos países lejanos de Europa que lindan casi con los polos, las gentes tienen el pelo y el color de los ojos claros —dijo Diego.

—La falta de sol es muy mala y cuentan que allí disfrutan de poco cielo azul. Siempre está nublado —aseveró Blanca.

Los dos primos se pasaron la tarde en la biblioteca consultando un montón de libros y diccionarios, tanto españoles como sudamericanos, e incluso documentos con palabras navarras y vascas.

—No hay manera —comentó Tomás después de cerrar con fuerza el último de los tomos consultados.

—Argones, angots, magote, ninguno casa con lo que quise escuchar —se quejó Carlos.

—Desde luego, el que parecía más asequible era amorque, y ¡joder! No creo que tenga nada que ver con lo que quería decir Petri de ser diferentes.

—Amorque, de amorcar. Entrar en celo las ovejas —aclaró Carlos con una carcajada.

—No tengo idea de cómo podemos enterarnos de en qué consiste esa diferencia de la que tanto hablan.

—Se me ocurre una, pero va a ser complicada.

—Tú dirás —preguntó Tomás extrañado.

— Te he contado que uno entre mis muchos proyectos de futuro es la opción de ser militar.

—Sí. ¿Y…?

—Para saber si esa elección me conviene, no estaría de más que me informara.

—Eso es lo lógico, pero ¿adónde quieres llegar?

—¿No sería el mejor asesor un militar?

—Desde luego.

—¿Y no recibiría el mejor testimonio que el que me la diera un alto oficial?

—Sería perfecto, pero ¿quién?

—¿Quizás uno perteneciente a pontoneros?

—¡Coño! Ya sé por dónde vas, pero ¿cómo hacemos para tener una entrevista con él?

—Si lo conseguimos, tras hablar de mi interés por lo militar, podemos pasar a saber más de los talladores navarros.

—Hay que trazar un plan —dijo muy convencido Tomás.

—Si le contamos a Martín lo de mi interés por la milicia, igual cuela y nos informa sobre cómo establecer contacto con él.

—¿Y qué pasará con mi padre? ¿Le parecerá correcto? —dudaba Tomás de que les diera permiso para la entrevista.

—No tiene por qué enterarse y, si ocurre, habrá que recordarle lo mucho que dice que quiere lo mejor para nosotros. Razonarle que lo de vestir un uniforme siempre será preferible que tener que trajearse con un delantal de cuero.

Quedaron unos momentos en silencio, recapacitando.

—¡Ojo con mi madre! Es muy larga y ella sí que puede sospechar del verdadero motivo — alertó Tomás

—Eso es cierto. La tía es muy lista.

De fiesta

Al igual que años anteriores, el nueve de septiembre los ayerbenses celebraron santa Leticia. Aun estando a muchos kilómetros de su terruño, siempre homenajeaban a su patrona. Diego este año consiguió que la parroquia a la que pertenecían designara a un sacerdote que bendijo los locales.

Tras el acto religioso, en la mesa enorme que se colocó en el jardín central se reunieron todos *en comandita* a degustar todo lo que estaba preparado. Las mujeres de Diego y Carlos encargaron a un restaurante cercano los platos que se sirvieron para el acto y también, como todos los años, las familias de los talladores aportaron al ágape dulces y algún plato típico de sus respectivas localidades.

Carlos hacía ya unos días que se manejaba con muletas. Se saltó la recomendación del médico sobre tiempo que tenía que permanecer en cama y, conociéndolo, a ver quién le llevaba la contraria. A Juana esta circunstancia, que ya llevaba haciéndola varios días, la liberó de estar sentada todo el día a los pies de la cama y le permitió pasar más tiempo en el jardín, que era donde el enfermo prefería estar.

Tomás había sido capaz de establecer alguna mínima conversación con Juana, pero sin llegar a adivinar cuál era el auténtico motivo por el que seguía evitándole. Tampoco entendió el comentario que le hizo su padre de que no molestara a la muchacha. Siempre pensó que se lo debió decir para que no la distrajera del trabajo que realizaba.

Tomás invitó a la fiesta a su profesor de Historia, del que era pasante. Este se llevó una sorpresa enorme cuando descubrió que algunos de los talladores eran navarros del valle del Baztán.

—*Egunon. Batzuek euskaraz hitz egiten dute?* —preguntó dirigiéndose a ellos.

—*Bai, ulertzen dut eta hitz agiten dut* —le contestó Cizur.

—¿En qué hablan? —preguntó Tomás a Unzúe, que lo miraba sonriendo.

—En euskera o, como decís vosotros, en vasco.

—¿Y tú lo entiendes?

—Entenderlo sí, pero no lo hablo. Me cuesta mucho construir las frases.

—¿Y qué coño han dicho?

—Tu profe ha preguntado que si entendían el euskera y le ha contestado Cizur que él sí que lo entiende y lo habla.

—¡Joder, qué jerga!

—Si lo charras en casa desde pequeño, seguro que no es tan difícil. En Bozate hay vecinos que lo hablan en familia —aclaró Unzúe, sin perder de vista a las tres chicas a las que había invitado Carlos.

—¿Te las presento? —comentó Tomás al ver la cara de su contertulio.

Las tres no pararon de reírse con los chascarrillos que hacía aquel mozo de anchas espaldas, regular estatura, rubio, con unos ojos azules claros y que, en cada frase, decía un montón de tacos.

—Oye, si queréis, os toco el chistu —dijo dejando a las tres muy serias—. ¡Joder! ¿Qué pasa? ¿No os gusta la música?

—¿Qué es un chistu? —preguntó Carlos, imaginando que habían interpretado la palabra con segundas.

—¡Ahí va, la hostia! ¿Que no conocéis el chistu? ¡Esperad! —dijo partiendo a escape.

Al rato, una música que no habían escuchado nunca inundó el ambiente. Martín y Juan corrieron a sus aposentos en el momento en que oyeron las primeras notas. No había pasado un minuto cuando con sus respectivos instrumentos se unieron al de Unzúe, que no había dejado de tocar.

A los que presenciaban la escena les pareció mentira que aquellos dedos tan gruesos y bastos de picapedreros manejaran tan delicados instrumentos y fueran capaces de sacar de ellos tan exquisitas interpretaciones.

Tomás aprovechó la atención que todos prestaban a los músicos para acercarse a Juana, sin que su padre se percatara, pero, en cuanto ella se dio cuenta de la maniobra, salió en medio del corro de los espectadores e inició un baile que todos desconocían. Se le unieron el resto de las mujeres de los talladores navarros.

—¿Qué os ha parecido? —preguntó Unzúe a las muchachas una vez que acabó de tocar.

—Ha sido maravilloso y la música muy dulce —dijo una de ellas.

—¡Qué coño dulce! ¡Es la hostia! —remató el mozo haciendo reír a las tres.

Se había puesto el sol y se prendió fuego a la hoguera en honor a santa Leticia. Era como se remataba la fiesta en la lejana Ayerbe. Cuando la fogata empezó a arder con fuerza, pidieron que el chistu de Unzúe volviera a sonar. El fuego, el crepitar de las llamas, las sombras y la música componían una escena que a los espectadores los dejó mudos y encandilados.

Diego tenía cogida a su mujer por el talle y ella a su vez reposaba la cabeza sobre su hombro. La misma o parecidas escenas se repetían entre las parejas y matrimonios que disfrutaban del espectáculo.

En una esquina del jardín y medio ocultos en la oscuridad, Diego vio a su hermano que tenía cogida por el hombro a una mujer. Se apoyaba en ella debido a su cojera, pero se notaba que era algo más que una ayuda.

—No tengo ni idea de quién es —le comentó Blanca cuando su marido le hizo reparar en el caso.

—¡Coño! ¡Qué callado se lo tenía! —remató Diego, contento.

Cuando la música dejó de sonar, una de las mujeres empezó a repartir patatas de un saco que nadie sabía de dónde había salido. Cada uno de los receptores fue apartando brasas de la gran fogata para poder asarlas.

Tomás, que no había perdido de vista a Juana, intentó de nuevo un acercamiento.

—Toma. La he asado para ti —le dijo ofreciéndole una patata.

—Gracias.

Cuando la cogió, sus manos se rozaron y ambos se estremecieron.

—Juana, no sé las razones por las que te empeñas en decir que somos diferentes, pero creo que eso no debe impedir que seamos amigos —se atrevió a declarar amparado en la penumbra del momento.

—Mi padre no quiere que nos veamos —dijo mirando al fuego.

—Mi padre parece que también quiere lo mismo —le aclaró Tomás con tono triste—. De todas formas, nadie puede impedir que hablemos de vez en cuando. Tú trabajas en mi casa y tienen que entender que nos veamos y no es lógico que nos crucemos sin mediar palabra.

Juana afirmó con la cabeza y miraba en todas direcciones, pues temía ser descubierta hablando con Tomás. Con sobresalto, vio a su padre que, desde el otro lado de la hoguera, la observaba. Miró de reojo a su espalda para descubrir que estaba sola y suspiró aliviada.

—Tendremos que decírselo a mi familia —le comentó Luis a Olaia, su acompañante—. He visto que mi hermano no nos ha quitado ojo —le dijo mientras degustaban una patata.

—No va a ser fácil —le comentó Olaia.

—Habrá que contar toda la historia y convencer a Diego de que no había otro remedio que mentir.

—Espero que no sirva para despedir a mi hermano.

—Zain lleva mucho tiempo con nosotros y ha demostrado que es un buen trabajador, que es lo que, en el fondo, de verdad importa.

—No aguantaría perderte ni volver a Bozate.

—Estoy seguro de que mi hermano entenderá la situación.

Amparados en la oscuridad de los árboles del jardín, comían las patatas que les suministraba Guren, el hijo de Olaia.

Las llamas habían desaparecido. Echaron un montón de cubos de agua para apagar las brasas. Poco a poco, la hoguera se extinguió y todos se fueron despidiendo y abandonando la escena.

—Se acabó —remarcó Tomás entrando en la casa—. Me tendrás que contar alguna cosa que parece llevas muy en secreto —le dijo a su hermano cuando lo vio entrar renqueando con sus muletas.

—Te prometo que te lo contaré todo, pero mañana. Estoy agotado.

—No me extraña. Claro, que estando tan bien acompañado merece la pena cualquier sacrificio —le dijo con tono irónico.

Luis no respondió y desapareció en su alcoba. Para desnudarse no necesitaba ayuda. Tardó muchísimo en dormirse. La promesa que le había hecho a Olaia de contarle todo a su hermano no le dejaba conciliar el sueño. Estaba convencido de que Diego no iba a tomar ninguna decisión drástica que perjudicara a su novia, pero le daba vueltas a ver cómo explicar y justificar no habérselo dicho antes.

Juana tardó mucho tiempo en dormirse. Se olía la mano imaginando descubrir el aroma que un simple roce le había dejado. Se alegraba de lo que Tomás le había dicho. No podían impedir que hablaran en los lógicos encuentros de ellos en la casa. Pensaba que su padre lo entendería como natural. Se repitió esos argumentos hasta que, casi de madrugada, se durmió.

La explicación

Tomás y Carlos tuvieron que indagar mucho hasta que supieron que el destino del militar que querían ver era el Regimiento de Pontoneros o de Sangenis, que se encontraba en la calle madre Rafols de la ciudad. A Martín le sonsacaron, con discreción, que se apellidaba Mayandía. Cuando en la puerta del cuartel dijeron que lo querían ver, jamás imaginaron el revuelo que iban a formar.

—Mi coronel, quieren verlo dos jóvenes que dicen que pertenecen a Talleres Sarasa.

—Hágales pasar—dijo al recordar su visita a esa factoría.

Cuando Tomás y Carlos entraron en el despacho, se quedaron deslumbrados. Jamás pensaron ver una estancia tan repleta de tantos objetos militares, fotografías y cuadros como aquella. Les llamaron la atención las panoplias repletas de espadas y de armas de fuego que adornaban las paredes. Una gran bandera española engalanaba un rincón. Un bargueño antiguo con las puertas cerradas y ornado con unas tallas de escudos que mostraban torres y castillos ocupaba la pared a sus espaldas. Unos cortinones densos impedían que entrara mucha luz a excepción de un rayo de sol que incidía en una mesa oscura de roble, llena de papeles y rematada por una escribanía compuesta por varias plumas, tinteros y una salvadera. Tras ella estaba sentado el militar. Dos sillas labradas del mismo estilo que el sillón que ocupaba el anfitrión, completaban el mobiliario.

—Siéntense, por favor. Espero que su visita no sea para comunicarme que le haya ocurrido una desgracia al señor Urtaiz.

—No, no —dijo nervioso Tomás desde una esquina de su asiento—, es por un asunto particular.

—Primero, quisiera saber quiénes son ustedes.

—Somos hijos de los dueños del taller de los Sarasa. Hablamos con usted el día que vino al taller.

—Les recuerdo —aclaró al hacer memoria—. Ustedes dirán —dijo el coronel arrellanándose en el sillón.

—Estoy acabando el bachiller —empezó a contar con timidez Carlos— y, entre otros proyectos de futuro, está el de ser militar.

El coronel pensó que había que explicarle a este muchacho que esa elección era una de las mejores que podía tomar. Se explayó en conceptos de honor, amor a la patria, sacrificio y defensa de valores morales y espirituales. Dios y familia, explicó, también eran motivos por los que valía la pena luchar.

Los dos primos escuchaban con falsa atención, en espera de que el militar terminara con su perorata para, no sabían cómo, sonsacarle lo que supiera de los trabajadores navarros.

—Ya ve, joven, lo importante que puede ser dedicar su vida a la milicia —recalcó cuando finalizó su alegato.

—Veo que sería muy diferente a destinarla a la talla de piedras como hace mi familia —indicó Carlos intentando un acercamiento al tema que les preocupaba.

—La labor de sus padres es encomiable —aclaró el militar—. Sacar de una roca lo mejor que tiene dentro no es trabajo baladí, pero nada comparable a extraer todo lo noble y bueno del interior de un hombre.

—Hay personas que solo saben hacer ese trabajo —apuntó Tomás—. Además, dicen que son diferentes al resto.

—Es posible que esas personas no tengan otro argumento.

—Por ejemplo, los talladores navarros del taller. Siempre comentan que son diferentes. Es cierto que todos son medio rubios y tienen los ojos claros, pero no pienso que sean de otra raza ni nada por el estilo.

—Ellos son agotes —aclaró sin dudarlo el militar.

Carlos casi botó del asiento al escuchar el nombre. Ese, y no otro, es el que le había oído a Petri.

—¿Agotes? —preguntó Tomás, reteniéndose las ganas de chillar de alegría.

—Es un grupo humano que durante muchísimos años han sido marginados al ser considerados diferentes —empezó diciendo el coronel, que viendo la atención que ponían los muchachos, quiso presumir de lo que sabía sobre el tema—. Hay varias teorías, pero ninguna ha sido reconocida como válida. Unos dicen que provienen de los cátaros, otros de los hombres del norte, o sea vikingos, y la mayoría opina que son godos.

Siguió contando que las habladurías describían a los agotes como hechiceros, con un rabo a la espalda y sin lóbulos en las orejas. Que tenían prohibido tocar cualquier producto del mercado porque decían que se pudría con su contacto, que no podían tampoco rozar a animales que no fueran los propios, ni pescar ni cortar leña ni pisar la hierba con los pies descalzos por miedo a que no volviese a crecer. Aseguró que se multaba a todo aquel que utilizaba la palabra agote, para insultar a quien no lo era.

Mientras hablaba, los dos primos estaban asombrados de lo que estaban escuchando

El militar no quería dejar de hablar. Les contó entre otras cosas que en las iglesias navarras los agotes estaban obligados a ocupar un hueco bajo el coro, el campanario o la escalera para oír misa y que era frecuente tener una puerta propia situada al lado de la puerta principal, pues era más baja y estrecha, para hacerles entrar agachados. También les explicó que tenían una pila de agua bendita diferente. Todo para evitar que se mezclaran con el resto de humanos.

—Teniendo en cuenta todo lo expuesto, que les llaman agotes, que viene de «*cagot*», perro godo, y además los tratan de leprosos, se pueden ustedes imaginar si no es para considerarse diferentes —argumentó.

—¿Y por qué son reclamados como talladores, si por lo que dice, están tan marginados? —razonó Carlos.

—Los crédulos ignorantes opinan que la piedra y la madera hacen de aislante y no contaminan a aquel que las toca tras ellos —afirmó el militar—. Por el mero hecho de rozarse con uno de ellos, la gente iletrada piensa que les van a pegar alguno de los males que les atribuyen. Por eso los propios agotes evitan el contacto con los que ellos llaman perlutas, aquellos que no son como ellos, para librarse de insultos, malas caras y hasta de falsas acusaciones.

—¿Por eso se interrelacionan y no quieren mezclarse con los demás? —preguntó Tomás, que empezaba a entender por qué Juana evitaba todo contacto.

—Es un grupo que practica la endogamia —afirmó el coronel.

—Y entonces, ¿podemos decir que son de una raza aparte? —preguntó Carlos.

—Mi coronel, lo esperan en la sala de juntas — interrumpió el ayudante desde la puerta.

—Siento no poder continuar nuestra conversación. Recuerde lo que le he dicho sobre la posibilidad de que elija la vida militar —le dijo a Carlos al tiempo que se levantaba—. Le dan recuerdos al señor Martín de mi parte y le dicen que, si hay cambios en Bozate, se lo haré saber. ¡Ordenanza! ¡Acompáñelos a la salida! —Después de darles la mano y seguido de su ayudante, se alejó por el largo pasillo.

—¡Agote! Ha dicho agote —decía contento Tomás una vez que hubieron salido —. Ahora sí que podremos consultar con seguridad la enciclopedia.

—Las cosas tan terribles que ha dicho. No me extraña que se consideren diferentes —comentó Carlos.

—Tenemos que enterarnos de su historia, que parece ser muy tortuosa, y sobre todo, de en qué condiciones y qué trato les dan hoy las gentes por los lares que nos ha descrito el coronel.

—Ha hablado de Bozate. Es un buen punto para empezar. Martín dijo que un familiar lejano del militar vivía en un pueblo próximo y que les protegía. En estos momentos, sus padres siguen recibiendo una ayuda y es por eso que el coronel le informa si hay alguna novedad —se tomó un tiempo para rematar: —Son buena gente los Mayandías.

—¡Cómo me ha jodido lo que ha dicho de la endogamia! —exclamaba Tomás con tristeza.

Gran parte de la tarde la dedicaron a leer todo lo que la biblioteca les ofreció sobre los agotes. Tomás tomó nota de muchos puntos que le incumbían. Intentaría convencer a Juana de que todo lo que decían aquellos escritos y de que lo que les culpaban era mera superchería y que no había ninguna razón lógica para acusarles de nada. Intentó encontrar antecedentes de matrimonios mixtos entre agotes y perlutas, pero no halló ninguno.

Carlos, revolviendo volúmenes, descubrió uno que hablaba de los *gafos* de navarra. Le llamó la atención ese nombre y, al hojearlo, descubrió que era el nombre que le daban en Francia a los agotes. Entre líneas también les llamaban *cagotes* y *crestiaas* y relataba cómo no podían llevar vestidos roncales ni ribetes colorados en los capotes, que debían llevarlos amarillos para que todo el mundo supiera que era un agote.

Tomás, cuanto más leía, más se daba cuenta de la razón por la que Juana le había dicho que eran diferentes.

—He de convencerla de que nuestra posible relación sería más ajustada que la que hay entre razas blanca y negra, y que vea la cantidad de mulatos que hay —le argumentó a Carlos intentándole convencer de que su tesis era válida.

—Tienes razón. Quizás la convenzas a ella, pero a sus padres, ¿los vas a convencer?

—¡Joder! ¡Qué difícil lo veo!

La historia de Olaia

Uztai Bidegáin, y sobre todo Olaia, decidieron adelantar el día de su boda por dos cuestiones. La primera era que Zaín, hermano de la novia, que en una fecha cercana se iba a trabajar a Zaragoza, no quería que faltara a su boda. Lo de marchar a la capital había sido una decisión difícil, pero era la mejor solución por el poco trabajo que había en la zona. La segunda cuestión, no por ello menos importante, era que se había quedado embarazada.

Pasados diez meses, la familia vivía feliz. Nació su hijo Guren sin problemas y se criaba fuerte. Uztai se había especializado en artesonados y, junto a Juan Eustorigorri, viajaban a lo largo del Baztán reparando las techumbres que, por viejas, necesitaban un apaño.

Todo cambió una triste mañana. Trabajaba en una techumbre en Elizondo, una viga cedió, golpeó a Uztai en la cabeza, y cayó fulminado.

Zain, cuando se enteró de la muerte de su cuñado, viajó a Bozate con la intención de que su hermana y su sobrino le acompañaran en su vuelta a Zaragoza. De seguir en el pueblo tenían un futuro muy negro.

En un primer momento, Olaia se resistió a abandonar el único hábitat que conocía. Pese a ser viuda, creía poder superar las dificultades. Zain se esforzó en exponerle los inconvenientes y las carencias que iban a sufrir, sobre todo Guren. Lo que acabó de decidir a Olaia fue cuando su hermano le comentó cómo vivía en la capital la familia de Martín Urtaiz. No recibían insultos y a nadie le preocupaba de dónde eran ni de dónde venían. Serían, sin más, la familia de un trabajador.

Cuando llegaron a Zaragoza, y con el fin de repartir gastos de alquiler, se alojaron en el piso en el que Martín su mujer y sus hijos Petri e Iker ocupaban dos habitaciones. Los recién llegados ocuparon la que quedaba libre. Para evitar falsas interpretaciones de incesto y demás habladurías, le dijeron a la propietaria que eran un matrimonio y que Guren era su hijo. Así mintieron y lo atestiguaron los Urtaiz.

Durante un tiempo, los dos tallistas trabajaron a las órdenes de Raúl, un capataz que tenía a su cargo gran parte de las obras que se estaban realizando en Zaragoza. El cambio maravilló a Zain. Nadie se preocupaba de su vida particular. Solo era importante que el trabajo estuviera bien hecho.

—Zain, Martín, cuando terminéis, os tengo que proponer algo que creo que os conviene —les avisó Raúl.

Más tarde, y antes de abandonar el lugar de trabajo, fueron a verle.

—Hay unos talleres nuevos y pienso que encajáis en los trabajos que realizan. Soy socio de los dueños y os puedo decir que, al tener un trabajo más especializado que el que ahora hacéis, cobraréis más —les dijo como primera premisa—. Además, tienen alojamiento para las familias que trabajan para ellos.

—Si no le importa, lo hablamos entre nosotros y mañana ya le contestamos —dijo Martín tras consultar con Zain.

Martín se presentó al día siguiente en los talleres.

—Luis, este es uno de los trabajadores que te dije —dijo Raúl.

—Me imagino que estarás enterado de las condiciones de trabajo —les preguntó sentado sobre la piedra que estaba tallando.

—Ya me ha contado el capataz —dijo Martín.

—Si mañana vienes con la familia, rellenamos los impresos necesarios y puedes empezar.

—¿Qué pasa con Zain? —preguntó Raúl.

—Ha decidido trabajar en la obra en la que está empleado ahora y, cuando termine, decidirá.

—Hazle saber que siempre tendrá aquí un puesto de trabajo —le aseguró Luis.

Martín y su familia se instalaron en el edificio que Talleres Sarasa tenían al efecto.

Cuando la familia de Juan Eustorigorri se trasladó a los Talleres desde Bozate, Martín se lo comentó a Zain y fue entonces cuando se decidió a ofrecer sus servicios.

Cuando Luis vio a Olaia, algo en su interior se alborotó. Se centró en los papeles que estaba rellenando y sintió pesar cuando tuvo que escribir, casada.

No pasó mucho tiempo hasta que Zain se integrara en el trabajo y su familia aceptara de buen grado las pocas obligaciones que ayudaban a que todo, en los talleres, funcionara.

Olaia era la encargada, aparte de otros pequeños cometidos, de mantener llenos los dos botijos del taller. El polvo que se originaba hacía que los operarios tuvieran que humedecerse la garganta cada poco tiempo. Uno de los búcaros estaba muy cercano al sitio en donde Luis trabajaba. Cada vez que Luisa lo reponía no faltaba un intercambio de miradas y sonrisas entre ambos. «¡Joder! Que está casada». Se echaba en cara Luis cada vez que ella aparecía.

De tiempo en tiempo, Luis se daba un paseo por la ciudad. Le gustaba acercarse a las distintas obras y ver cómo las piedras del taller formaban parte de zonas nobles de la construcción. Arcos, cabeceros de grandes ventanales, tallas con distintos dibujos, escudos heráldicos, jambas, impostas y hasta gárgolas eran motivos de orgullo cuando veía en esos trabajos el buen hacer de los Sarasa.

Los vio de lejos. Olaia y Zain iban hablando mientras que Guren perseguía a las palomas. La primera vez que escuchó al zagal pensó que su oído le había gastado una broma.

—¡Tío! ¿Te has fijado? Casi la atrapo —gritó el crío a Zain.

«¡Le ha dicho tío! ¡No le ha llamado papá!», pensó y casi chilló Luis. No quiso acercarse para no ser descubierto. «Debo aclarar eso», se decía inquieto. Que no fuera su padre y que fuera su tío le daba la oportunidad de librarse de la mala conciencia que le atormentaba al desear a una mujer casada. «¿Y si Olaia es viuda y Zain es hermano del difunto con el que tuvo un hijo? Entonces tendría sentido que lo llamara tío», se razonaba Luis.

—Olaia, quiero hablar contigo —le dijo Luis, cuando llevó el botijo con agua fresca al lugar de costumbre.

Se reunieron discretamente tras uno de los almacenes y ella creía que le iba a llamar la atención por haber cometido alguna falta en el trabajo.

—Olaia, Zain no es tu marido —fue la brusca afirmación de Luis.

La palidez de la cara y el temblor que le sobrevino eran suficientes muestras del impacto que ella recibió. Intentó sobreponerse, pero se abandonó y perdió el conocimiento. Luis, en un primer momento, estuvo en un tris de pedir ayuda al verla tendida a sus pies, pero pensó que sería muy difícil explicar qué hacían en ese lugar apartado los dos solos.

—¡Olaia! ¡Olaia! —la llamaba mientras le cogía la cabeza.

Pasaron unos instantes, que le parecieron una eternidad, hasta que abrió los ojos.

—Perdone —dijo Olaia reponiéndose y poniéndose en pie—. ¿Por qué me dice eso? —pudo preguntar con un hilo de voz.

—Sé que es cierto y solo quiero que tú me lo confirmes —le dijo con mucha más mesura.

Olaia pasó bastante tiempo en silencio. Sabía que, de asegurarlo. podía desencadenar una serie de acontecimientos con graves consecuencias.

—Lo que me cuentes te juro que quedará entre los dos, pero necesito saber cuáles son tus circunstancias —le explicó para tranquilizarla.

—Zain es mi hermano. Yo soy viuda y Guren es el hijo que tuve con mi difunto marido —confesó convencida de que Luis lo decía de corazón.

Pasó después a relatarle el porqué de la farsa de hacerse pasar por matrimonio.

—Ustedes se negarían a admitirnos si decíamos que éramos hermanos. Estábamos seguros que solo admitían cónyuges para evitar mezclarse con el resto de familia —razonó.

—Y los demás navarros ¿están en la patraña? —preguntó extrañado.

—Miran por el futuro de mi hijo y han callado.

A Luis le retenía contárselo a su hermano, no por su reacción, que conocía de sobras su buen corazón. Era la posibilidad de airear que no solo se admitía en los talleres a los matrimonios, sino que también tenían cabida el resto de familia.

Luis, con los más absurdos motivos, citó a Olaia varias veces en el sitio de costumbre.

—Perdona. Ha sido un impulso muy fuerte. No he podido resistirme —se excusó Luis cuando, al sentirla tan cerca, la besó en los labios.

—No me importa —dijo expresando de modo implícito que le había gustado.

Los encuentros clandestinos de los dos se repitieron mucho más a menudo.

Tanto Sua como Nekane, cuando Olaia les contó la relación con Luis, no lo vieron con buenos ojos. Tenían todavía el convencimiento de que la afinidad, el trato, la amistad y los noviazgos debían realizarse entre integrantes de su comunidad. Las tradiciones de Bozate aún pesaban mucho en la memoria.

Después ocurrió lo del accidente y las citas clandestinas se volvieron imposibles. Cuando Luis se decidió a pasar grandes ratos en el jardín, Olaia pasaba, como por casualidad, y le preguntaba cómo seguía. Juana nunca sospechó nada.

Tras la fiesta de santa Leticia, cuando se habían dejado ver, a Luis no le quedaba más remedio que contarle todo a su hermano.

—¿Pensabas que me iba a enfadar? —dijo Diego cuando terminó de escuchar el relato.

—¡Joder! No era sencillo contarlo. Había que explicar bien las circunstancias y temía las consecuencias.

—Pues ya ves que ha sido fácil. Me cabrea que creyeras que iba a reaccionar de otra manera. Eres mi hermano, no sé si te has dado cuenta —le reprochó simulando estar enfadado—. ¿Y cómo pensáis seguir?

—Olaia me ha dicho que el resto de mujeres parece que no se lo han tomado muy bien.

—Y ellas, ¿qué coño tienen que opinar?

—Ha dicho que me lo va a explicar. Es como si un vínculo extraño les uniera a todos.

El Tubo

—¿Vienes a darte una vuelta? —le dijo Unzúe a Cizur.

—Voy a escribir a mis padres.

—¡Coño! Pero, ¿no me dijiste que son analfabetos?

—Las cartas se las lee Iker, el vecino.

—No sé si fiarme mucho de Iker. Es muy *gezurra*. Habrá que ver cuántas mentiras les cuenta.

—Al menos, sabrán que estoy vivo —dijo resignado.

En el mostrador intentaba escuchar y entender lo que las cuatro muchachas hablaban en la mesa cercana. Reían y discutían cosas de la escuela de señoritas a la que acudían a diario.

—No te enteras de nada, ¿verdad? —le comentó el camarero discretamente.

—Ni puta palabra.

—Te he visto varias veces por aquí y, desde el primer momento, me di cuenta de que este no es tu ambiente.

—¿Y eso?

—Hombre, no es normal que, si le pregunto a un cliente qué vino quiere, me diga que del barato.

—¡Ahivá, joder! Pues ¿qué tenía que haber dicho?

—Una marca, pero nunca el precio.

—En mi pueblo solo hay dos clases de vino: el barato y el caro.

—¿Y puede saberse de qué lugar vienes?

—De Bozate —dijo levantado mucho la cabeza.

—No sé dónde estará eso, pero tal y como lo dices, debe de ser tan importante como París.

—Para mí, ¡la hostia!

—El caso es que aquí el ser de… donde tú dices no importa mucho. Creo que este no es tu sitio.

—Entonces, ¿adónde puedo ir?

—Te recomiendo el Tubo.

—¿El Tubo?

—Es un barrio —le dijo explicándole qué era y dónde se encontraba.

—¿Y allí estaré más a gusto?

—Mira, no nos engañemos. Se te nota a la legua que este no es tu ambiente. Estás en una zona estudiantil. Aquí, si por una de esas casualidades trabas relación con alguno o alguna de los que ves, será para tomarte el pelo y reírse de ti.

—¿Tanta mala sangre tienen?

—Lo harán por pasar el rato, por demostrar que son más listos que tú y, en la mayoría de los casos, para presumir delante de los amigos.

—¡Joder! Me voy a donde me dices, entonces. No quiero liarme a leches con alguien que intente reírse de mí. ¿Qué te debo?

—Nada. Y te conste que no te he servido del barato, te he puesto un Cariñena.

—Pues gracias por el vino y por el consejo. ¡Agur!

Entró por unas calles estrechas, que explicaban lo del nombre del Tubo, y le atrajo un local del que parecía salir la música de una orquesta.

—Oiga, ¿se baila aquí o qué? —preguntó a un mastodonte que daba la impresión de ser el portero.

—Es una peseta, militares, cincuenta céntimos y mujeres, gratis —le replicó.

En una ventanilla, atendida por una señora maquillada en exceso, le dieron un boleto que el mastodonte se encargó de partir por la mitad.

Al entrar, el ambiente le impactó. Poca luz, muchas parejas bailando, mezcla de olores dispares, un suelo que se adhería ligeramente a los zapatos, una barra llena de hombres, alrededor de lo que se suponía era una pista de baile. Sentadas en sillas, muchas muchachas endomingadas, una orquesta delante de una pancarta que anunciaba

«Los varones del ritmo» y una serie de rincones oscuros en los que se adivinaban parejas.

—¿Qué va a ser? —le preguntó un camarero de edad indefinida.

—Pues… de eso— dijo señalando un recipiente lleno de vino y algo flotando.

—Sangría. Cuarenta céntimos —sentenció al tiempo de servirle.

—¡Hola! Me llamo Unzúe —le dijo a la muchacha que estaba sentada a su lado y que correspondió a su mirada.

—Encantada. Yo, Marisol.

—Tomar algo, ¿ya querrás? — preguntó temiendo que dijese que sí.

—No, gracias.

—¿Fumas? —le ofreció sacando un paquete de cigarrillos del bolsillo.

—No gasto.

—¿Vienes a pasar el rato? —conforme lo dijo se dio cuenta de lo imbécil de la pregunta.

—Acompaño a mi hermana —aclaró al tiempo que señalaba a una pareja bailando que, fuertemente apretados, apenas se movía.

—¿Es su novio?

—No lo sé.

La música no paraba de sonar. Entre pieza y pieza, los músicos se tomaban el tiempo necesario para darse un trago, coger aire y cambiar de partitura. A veces tenían que empezar de nuevo, pues alguno equivocaba el tono.

—Me gustaría invitarte a bailar, pero es que no sé —se atrevió a confesar Unzúe.

—Si quieres, yo te enseño —le dijo con naturalidad.

Aquello de un paso para un lado y dos al otro le costó trabajo cogerlo. Le gustó mucho más el pasodoble. Era como andar, pero arrastrando los pies.

Estaban en uno de los lugares oscuros. A la hermana y a su acompañante, en la parte del fondo, se les oía gemir y no precisamente de dolor. A Marisol no parecía extrañarle. Se diría que estaba acostumbrada. Unzúe pasó el brazo por detrás de su acompañante y, metiendo su mano por debajo de la blusa, le acarició la espalda.

—¡Raspas! —le dijo ella con una mueca, al tiempo que se apartaba.

Unzúe se quedó parado. No supo cómo reaccionar ni cómo salir del percance. El resto de tarde lo pasó envarado sin atreverse a acercarse a Marisol.

—¿Vienes a menudo por aquí? —preguntó, a la salida, temiendo que, después del incidente, ella se negara a volverle a ver.

—Mi hermana viene cada sábado —dijo por toda explicación.

—Señora Nekane, ¿tiene alguna pomada para suavizar las manos? —le preguntó en cuanto volvió a los talleres.

—¿Para alguna herida?

—Para quitar callos y durezas.

—Date una buena frotada después de trabajar y antes de acostarte —le explicó dándole un frasco—. Dentro de una semana notarás cómo todo se reblandece. Ella te lo agradecerá —le dijo con una amplia sonrisa.

—Y usted, ¿cómo sabe…?

Cuando Marisol le cogió la mano, sonrió al sentirla suave. Durante tres sábados seguidos hablaron, bailaron y en su rincón oscuro preferido exploraron sus cuerpos.

Un día se decidieron y, a pesar de la vergüenza que ella tenía, fueron a un *meublé*.

—Muchacha, no te preocupes, que todas hemos pasado por esto. Te aseguro que vendrás más veces —le dijo la señora dándole a Unzúe la llave y dos toallas.

Como era de esperar, la primera vez fue, eso… la primera vez y, como dijo la señora, repitieron.

Los tiempos de estar en el baile cada vez fueron más cortos y llegó un momento en que los encuentros eran en un bar cerca de la casa de citas, el tiempo necesario para beber un café y subir a la habitación.

Marisol empezó a faltar algunos sábados y le echaba la culpa a la hermana que, según decía, la obligaba a permanecer en el baile.

—Cizur, tienes que venir conmigo al Tubo. Te llevaré a un baile y allí ¡joder!, seguro ligas —le comentó Unzúe.

—Sé dónde me dices.

—¡Coño! ¿Ya has estado?

—No, pero me he informado y sé que es un baile de chachas y soldados —dijo con gesto de asco.

—Y tú, ¿cómo sabes?

—Martín me dijo que te había visto en la entrada y que le presentaste a una chica.

—Cierto, pero él no entró.

—Me dijo que no le gustó el ambiente.

—¡Claro! Ya está casado y es mayor.

—De todas formas, no me busques por sitios como ese.

—¿Qué esperas encontrar mejor?

—No es por la gente, es por el sitio.

—¿Qué tiene de malo? ¡La hostia!

—Sabes que no me gusta el bullicio.

—Tú sigue así y te veo un solterón, o casándote en Bozate con la mujer que nadie quiera.

—Lo que es seguro que al pueblo solo iré si lo necesitan mis padres.

—Es lo más sensato que has dicho hasta ahora.

Entre madre e hija

—Juana, ¿se puede saber qué te pasa? Llevas días que comes menos que un pajarito —le dijo Nekane a su hija.

—Estoy desganada, no me pasa más que eso. ¡Y tú, cállate! —le ordenó a Edurne, su hermana pequeña, que la miraba sonriendo.

—Entre las dos me vais a volver loca. De todas formas, cuando venga tu padre, le diré que hable con vosotras dos.

Juan Eustorigorri llegó a casa muy cansado. Cuando su mujer le contó lo de su hija, le pareció una tontería típica de la edad.

—¿Que qué le pasa? —preguntó al intuir que había otro motivo que no fuera la comida.

—Creo que nuestra hija se ha encariñado de Tomás, el hijo del jefe.

—¿Y pasa algo con eso?

—Que no es de los nuestros.

—¡Joder, Nekane! De los nuestros dices. Los nuestros se quedaron en Bozate. ¡Hostias! ¡Métetelo en la cabeza de una vez! —Y más tranquilo prosiguió: —Desde que hemos venido a Zaragoza, ¿alguien te ha dicho que eres una leprosa? ¿O ha insinuado que infectas lo que tocas? Puedes ir al mercado y nadie se aparta para no rozarte, ¿no? Puedes hablar con cualquiera sin que te ponga mala cara. ¿Entonces, Nekane? Somos como los demás y tenemos que olvidar tiempos pasados. Hemos tenido que salir del Baztán para sentirnos personas. Que no somos *txerrias*, ¡Joder!

—Pero, ¿y si el chaval se entera de cómo nos han considerado hasta ahora? —preguntó Nekane insistiendo en su argumento.

—Pues yo creo que no le influirá en absoluto y, si lo hace, apoyaré a Juana. Lo manda a la mierda y listo. —Tras una pausa, añadió: —Ahora todo es diferente. ¿Te imaginas qué hubiese pasado si, en su momento, te hubieras enamorado de un perluta?

—Mis padres me habrían matado.

—Pues ya ves la suerte que tuviste al fijarte en mí. Estás viva, ¿no? —dijo con una sonrisa que hizo que Nekane también sonriera.

—Entonces, ¿qué opinas de lo de Juana?

—Deja que el tiempo pase. Y ahora dame de cenar que me voy pronto a la cama. Mañana me espera un día duro.

Nekane, más tarde, llamó a la puerta de su hija.

—¡Pasa! —dijo secándose las lágrimas antes de que entrara.

—Me tienes preocupada —le manifestó sin revelar que sabía cuál era el motivo de su tristeza.

—Son cosas de chicas.

—Y de chicos, me imagino.

—Creo que sabes qué me pasa. Mi hermana no ha dejado de meterse conmigo y de dar pistas sobre cuál es mi amargura.

—Tu pena se llama Tomás, ¿verdad?

No contestó, metió su cabeza en la almohada y rompió a llorar de nuevo.

—He hablado con tu padre y opina que no es nada grave que te enamores de un *perluta*.

—No lo llames así —le reprochó molesta, reponiéndose de la llantina.

—Creo que sabes, como sabemos todos, que Olaia hace tiempo que se ve con el señorito Luis.

—Algo me imaginé por las veces que ella me preguntaba por la evolución de la pierna.

—A mí aún me resulta extraño que uno de nosotros se relacione con otro que no sea …

—¡Agote! *Ama*, dilo fuerte ¡Agote! —remarcó con fuerza interrumpiéndola.

—Hija, podrás comprender que han sido muchos años de sentir que éramos unos apestados como, para de la noche a la mañana, cambiar de opinión y ver que a nadie le importa nada lo que seamos.

—Yo, estoy casi segura de que Tomás lo sabe —sugirió Juana con tono resignado.

—¿Y eso?

—No hace mucho dijo que no le importaba que yo declarara que éramos diferentes. Él sabía el porqué y que guardaría en secreto el motivo que nos distanciaba.

—¿Y no le preguntaste que cuál era el secreto?

—No me atreví.

—Tanto si lo sabe cómo si no, debes estar segura de sus intenciones.

Juana deducía, pese a lo poco que había hablado con Tomás, que sus deseos eran nobles. No veía dobles propósitos en sus palabras. Su mirada era limpia

—*Ama*, si lo del señorito Luis y Olaia sale adelante ¿qué va a pasar? —preguntó por saber qué podía ocurrir si lo suyo con Tomás salía adelante.

—Pues yo creo que nada. Tu padre, hace un rato, me decía que aquí no somos diferentes a los demás ni somos *cagots* ni a nadie le importa que seamos de Bozate ni si tenemos rabo como el diablo —decía sonriendo—. Quizá Sua haga algún comentario que se quedará en eso… un cometario. A Zain, que podía ser el más contrario a la relación de su hermana, me han dicho que se le ha visto con alguna mujer por Zaragoza, o sea, que también tendrá por qué callar.

—Tú, entonces, ¿crees que puedo entablar una relación con Tomás? —manifestó esperanzada a que su madre lo aprobara.

Nekane se escabulló de la pregunta con divagaciones. Le contó las dificultades que ella y Juan habían pasado siendo jóvenes, de la penuria de los primeros años de casados en Bozate, del trauma de quedarse embarazada tan pronto y así un montón de sucesos que llevaban a avisarle de todos los problemas que se iba a encontrar.

—Pero nada de lo que me has contado tiene que ver con que seamos una agote y un… y un…

—Un *perluta*, hija —la interrumpió—. No lo puedes definir de otra manera.

—¿Y siempre va a ser así? ¿Agotes y *perlutas*? —dijo entristecida.

—Me imagino que, poco a poco, con el tiempo, se irá diluyendo la historia que arrastramos y, como ahora ocurre con las gentes de Zaragoza, no conocerán o se olvidarán de viejas habladurías, y lo de ser agote quedará como algo que les ocurrió a unas pobres gentes que vivieron en un valle navarro.

—¿Y no conoces ningún caso en que haya ocurrido esta situación? —Juana volvió a insistir. Quería encontrar un antecedente a su relación con Tomás.

Nekane no había querido contarle una antigua historia ocurrida en Bozate en tiempo de sus abuelos, pero tampoco quería mentirle a su hija.

—No lo conocí en persona, pero sé que se dio el caso de una relación mixta.

—*Ama*, ¿terminó mal?

—Solo te diré que, cuando se quedó viuda y quiso volver al pueblo, le hicieron la vida tan difícil que terminó por tirarse al río.

—Pero de eso ya hace mucho tiempo —manifestó alarmada Juana.

—Sí, ya hace mucho tiempo —recalcó sin dar más explicaciones.

Una obra comprometida

En cuanto lo vio en la puerta del taller, a Diego no le gusto su actitud. El individuo, con gesto de asco, se tapó la nariz con un pañuelo para protegerse del polvo. Al no pasar del umbral de la puerta evitaba que su impecable traje negro se manchara. Miraba con arrogancia a los trabajadores y no hizo el menor gesto de llamar a nadie. Se notaba que se sentía superior a todos los que allí estaban y esperaba que alguien le atendiera.

—Usted dirá —Diego se acercó después de un buen rato.

—Has de ir a ver al coadjutor de la diócesis, que tiene trabajo para vosotros.

—Perdone, pero primero, no sé quién es usted y segundo, ¿no puede venir ese señor que dice para encargarnos lo que sea?

—Soy diácono del obispado y, como comprenderás, el coadjutor tiene una posición que le otorga el derecho de ordenarte que vayas a verle.

—Por lo que entiendo, usted es un cura y ese que nombra es un pez gordo del obispo, ¿no? —dijo enfadado.

—Te ordeno que tengas más respeto al referirte a personas del obispado.

—¡Esto es la hostia! Vienes a mi casa con aires de grandeza, no sé quién cojones te manda, nos tratas como si fuéramos tus esclavos y me pides que yo lo haga con respeto. ¡Mira! Aquí trabajamos duro, nos dejamos la piel para tallar piedras, somos respetuosos con aquel que nos respeta y no admitimos que nadie se ría de nuestras manos callosas ni del sudor. Dile al que te ha mandado que Talleres Sarasa estará muy contento de trabajar para él si nos muestra la consideración que merecemos —y tomando aliento ordenó: —¡Ahora vete a la mierda y le trasmites lo que te he dicho!

Conforme hablaba, se fue acercando al individuo, con lo que el exabrupto final se lo soltó a medio metro de su cara.

—Yo creo que el *txakurra* se ha cagado —declaró Juan, cuando vio cómo el diácono dio media vuelta y poco le faltó para echar a correr.

—¡La madre que lo parió! No sé qué pasará, pero me he quedado muy a gusto.

—Ha habido un momento en el que yo también he tenido tentación de chillarle.

—Has hecho bien en callarte. Lo que haya de pasar lo he de sufrir yo que, al fin y a la postre, soy el responsable.

No había pasado una hora, cuando un sacerdote ataviado con sotana y teja apareció en el taller. Se acercó a Juan, que era el tallador más próximo a la puerta y preguntó por el encargado.

—¡Buenos días *mosen*! ¿Qué se le ofrece? —saludó Diego.

—Aragonés, ¿verdad? Lo de *mosen* le delata —dijo destocándose de la teja con una sonrisa.

—Perdone, es la costumbre. Para hablar más tranquilos, si no le importa, vamos a un lugar en el que estemos más cómodos. Además, si seguimos aquí, su sotana va a terminar más blanca que la de un misionero.

Sentados en el despacho, al sacerdote le costaba empezar a hablar.

—Hace un rato ha venido una persona a encargar un trabajo para el obispado y creo que ha habido malos entendidos entre ustedes —comenzó a decir.

—¿Malos entendidos? —declaró Diego—. Ha sido maleducado y arrogante y nos ha tratado como si fuéramos sus criados. ¡Qué digo criados, esclavos!

—Entiendo su malestar y pido disculpas en nombre del obispo. No ha sido la persona idónea para hablar con ustedes.

—Ni con nosotros ni con nadie. Si mandan ustedes a semejante personaje a negociar lo que sea, les aseguro que la impresión será pésima.

—Lo entiendo. Es una persona que se asigna atributos que en absoluto tiene. Les rogamos nos disculpen.

—Quedan perdonados —dijo tras una pausa sin tener muy claro a quiénes absolvía—. Y ahora vayamos al motivo de su visita —concluyó.

119

—Tenemos un cementerio antiguo en Juslibol, un barrio a las afueras de Zaragoza. El otro día fue a visitarlo el excelentísimo y reverendísimo señor arzobispo y vio las malas condiciones de su acceso. No está a la altura de las personas relevantes que en él descansan. Queremos que ustedes nos hagan una entrada con cierta calidad.

—Y ¿en qué han pensado?

—Creemos que un arco de piedra de una altura de unos tres metros sería suficiente. Se apoyaría sobre la valla que rodea el recinto.

—Y la arcada, ¿cómo lo querrían?

—No sé cuántos tipos hay.

—De un centro, peraltado, abocinado, angular, apuntado, ciego, escarzano…

—¡Vale! ¡Vale! Me doy cuenta de que hay que precisar más, que no es suficiente hablar de arco en general, que hay que especificar.

—Hay mucha diferencia en hacerlo de una manera o de otra.

—Si no le parece mal, sería bueno que se pusiera en contacto con nuestro maestro de obras que, como él sabe la forma que queremos, se pondrían de acuerdo en el trabajo a realizar.

—¿Él no sabe realizar esa obra?

—Él defiende que es capaz de realizarla, pero nuestro arzobispo se opone y ha decidido que sean ustedes los artífices. Ha visto el realizado por su taller en la universidad y tiene plena confianza en ustedes.

—Su maestro de obras no me va a atender de forma muy amistosa después de que el arzobispo le haya negado su construcción. Piense que voy a ser quien le ha quitado el trabajo.

—Confiemos que cumpla a rajatabla el voto de obediencia.

—¿Es sacerdote?

—Es jesuita.

A Diego ese título no le aclaraba nada. Se quedó con que tenía que ver a un cura y ponerse de acuerdo con él. Seguía creyendo que tendría que tener mucha mano izquierda.

—¿Dónde lo puedo ver?

—Está trabajando en el patio del obispado. Se llama Fausto, padre Fausto, y trabaja mañana y tarde, por lo que es fácil encontrarse con él.

—Si puede ser, le avisa que iré pronto y que sería importante que tuviera un dibujo, o mejor, un plano de lo que quieren ustedes que hagamos. De esa forma adelantaríamos en la preparación.

—Esta misma tarde le pasaré el aviso y las indicaciones —dijo levantándose.

—Perdone, pero ¿de parte de quién he de decirle al padre Fausto que voy?

—Me llamo Octavio, padre Octavio —y añadió: —Vuelvo a pedirle disculpas por el mal proceder de nuestro diácono

—Está perdonado y olvidado —declaró al tiempo que se despedían con un apretón de manos.

—Juan, tendremos que construir un arco —le dijo Diego en cuanto se incorporó al trabajo.

—Me gusta. Y ¿cómo será?

—Pues lo único que sé es que tendrá de flecha tres metros.

—Pequeño.

—Me han dicho que se apoyará en una tapia, que no sé la altura que tiene.

—Mala cosa. Podemos hacer un arco fabuloso, pero, si la base es débil, puede irse abajo.

—Entonces, habrá que ir a verla por lo que me dices.

—Construí un arco para una mala persona de Elizondo. Lo quería de piedra y con unas dovelas talladas en granito rojo. Desde el primer momento ya le avisé que el terreno en el que se asentaba era blando y que el arco iba a ser muy pesado. No me hizo caso y se empeñó que, de todas maneras, lo construyera. Los indianos son muy arrogantes. Lo erigí donde dijo, en la entrada de su mansión, ya que no quería que fuera en otra parte. Al poco tiempo de terminado, cayó una tromba de agua en todo el valle del Baztán que hasta se desbordó el río. Como era de esperar, la tierra bajo el arco cedió y terminó por derrumbarse.

—¿En qué acabó todo?

—Que no cobré, pues me acusó de haber realizado mal la obra, y fui condenado por un juez a construir otro arco, esta vez en terreno firme.

—¡Pero, eso es inconcebible! —exclamó Diego—. ¿Qué clase de magistrado dictó semejante sentencia? Me imagino que protestarías ante otro juez.

—Eso en Zaragoza, seguro, pero en nuestros valles…

—¿Qué ocurre en vuestro valle?

—Largo y penoso de explicar.

Justo a tiempo

—Juana, vamos al cinematógrafo —decidió Tomás.

—¿Al qué…? —preguntó con gesto de extrañeza.

—Seguro que te gusta. Verás en una pantalla imágenes en movimiento.

—¿Como las que se hacen en una pared con las manos?

—Mejor. Se ven lugares y personas que no están en la sala.

—Eso es imposible.

—Por eso quiero que lo veas.

—¿Tú ya has estado en ese sitio?

—Me llevaron el otro día y me pareció un milagro.

A Tomás le hubiera gustado llevarla al Palacio de la Ilusión, que era un cine abierto hacía unos años, en el que proyectaban películas de larga duración, pero su presupuesto no llegaba para tanto.

—Dos entradas —pidió Tomás.

—¿De silla o de pie?

—De silla —dijo muy ufano.

Se sentaron en la segunda fila. La pantalla era una sábana. Juana miraba a todos los lados inquieta e intentaba adivinar qué era lo que iba a ocurrir. Tuvo la desgracia de que le tocara al lado de un señor que fumaba una faria, cuyo humo era muy desagradable. Tomás le cambió el sitio. El fumador lo miró con un gesto de extrañeza. «Seguro que ha pensado que lo he hecho porque desconfío de sus intenciones», pensó Tomás.

Entró un caballero, vestido de negro, que se puso al teclado de un piano de pared y esperó.

—¡No me gusta! —exclamó Juana, cuando apagaron las luces.

—No tengas miedo —le susurró al oído al tiempo que la cogía de la mano.

Era la primera vez que lo hacía y ella no la rechazó, Tomás ya no veía la pantalla, le importaba poco lo que proyectaban. No oía las notas del piano que adornaban las imágenes. Solo sentía los latidos fuertes de su corazón en el cuello y una gran felicidad.

Juana, a cada cambio de escena, la salida de la fábrica, el tren que se abalanzaba sobre los espectadores, la salida de gente del Pilar y un trozo de una película en la que se veía un cañón disparando a la luna, apretaba la mano de su acompañante intentando disipar los sobresaltos que le producían. Hubo un momento que se asustó más y se pegó al cuerpo de Tomás. Necesitaba sentirlo a su lado. Era como si su contacto la protegiera de la angustia que algunas imágenes le producían.

Tomás pensó que sería maravilloso continuar así eternamente.

Se encendió la luz y los espectadores permanecieron un buen rato sentados. Era como si quisieran más. La pantalla les había hipnotizado.

Tomás maldijo ese momento. Era como si despertara de un sueño. Ayudó a Juana a levantarse.

Cuando el empleado anunció que a los que quisieran ver un segundo pase les cobrarían la mitad, estuvo a punto de pedirle a Juana que se quedara.

—¿Te ha gustado? —preguntó a la salida Tomás, que todavía mantenía cogida la mano de Juana.

—Parece cosa de brujas. Lo del tren me ha llegado a asustar mucho. Daba la impresión de que se nos venía encima —confesó, sin rechazar el contacto con él.

—Un día he de llevarte al Palacio de la Ilusión.

—Suena a sitio exótico —dijo con una amplia sonrisa.

—Es un cine, pero de verdad. No como la sala cutre en la que acabamos de estar.

—Cuando lo cuente en casa, no se lo van a creer.

—¿También les confesarás que hemos ido juntos?

—Aunque no lo diga, seguro que lo deducirán. No iba a ir sola a un espectáculo nuevo.

—¿Y les dirás que te he cogido de la mano?

—Eres tonto, ¿o qué? —manifestó molesta y soltándose.

—Juana, no te enfades, es una broma. —Y añadió con gesto suplicante: —No me hagas invitarte de nuevo al cinematógrafo para volver a intentarlo.

Sonriendo, fue ella la que volvió a cogerle la mano.

—¿Dónde vas con semejante pimpollo?

El joven era un chulo de barrio que también había estado en el local del cine. No le había pasado desapercibida la presencia de Juana. Su altura, la melena rubia, sus ojos azules, además de la belleza, eran motivos más que suficientes para no pasar inadvertida.

—¡Déjanos en paz! —ordenó Tomás intentando sortearlo.

—¿No será demasiado para ti? —dijo mientras volvía a interceptarles el paso—. ¿Tú que dices, preciosa? —preguntó intentando acariciarle la cara.

—¡Si me tocas, te mato! —gritó con fuerza.

—¡Huy, qué miedo! —se burló.

Tomás, viendo que el buscabulla no cejaba en molestarles, se plantó delante de Juana protegiéndola, pues preveía el momento de llegar a las manos. Sabía que en eso el golfo llevaba ventaja.

—¿Pasa algo *ahobero*? —preguntó Unzúe, cogiendo la muñeca del rufián.

Cuando quiso desasirse, no pudo mover su brazo ni un centímetro. Era como si una mordaza de carpintero lo atenazara. «¿De dónde ha salido esta bestia?», pensó. «¿Y a qué viene intervenir en este asunto?».

—¡¿Se puede saber quién te manda meterte en este asunto?! —chilló desafiante.

—Yo que tú me iba echando hostias —le apuntó Unzúe con voz suave.

—¿Y si no me pasa por los cojones?

—Puede que después te arrepientas. La misma fuerza con que te aprieto el brazo la podía hacer en tus pelotas.

El buscabulla sopesó lo que le decía y no se atrevió a forcejear con aquella mordaza de presión.

Unzúe para dejarle marchar soltó su muñeca.

Sin decir ni una palabra, el fatuo, cuando se sintió libre, se alejó maldiciendo y gritando que la próxima vez que los viera «¡Se iban a enterar!».

—¡Qué a punto! —exclamó Tomás.

—Os he visto de lejos cuando he descubierto al matón.

—Mejor, imposible. Tomás estaba en el momento de liarse a tortas —aclaraba Juana.

—Más bien, que me dieran de tortas, pues el chulo tenía pintas de tener experiencia de haberse metido en muchas peleas.

—¿Estáis bien? pues de puta madre —concluyó Unzúe.

—Tomemos algo. Invito yo. Es lo mínimo que puedo hacer para agradecerte la intervención —insinuó Tomás.

—Para otra, si no os importa.

—¿Tienes algo importante que hacer? —preguntó Juana.

—Que me han dado una *zalapada* aquí dentro y no ando con ganas de fiesta— dijo señalándose el pecho

—¿*Zalapada*? —preguntó Tomás.

—Bofetada —le aclaró Juana.

—Lo siento. Me imagino que es una cosa muy particular y que no te apetezca hablar de ella —señaló Tomás.

—Exacto.

—¿Algo con alguna mujer? —apuntó Juana.

—Las mujeres sois la hostia para adivinar las cosas —confirmó al tiempo que les decía adiós.

—¿Y tú? ¿cómo lo sabes? —preguntó Tomás asombrado cuando Unzúe se hubo alejado.

—Un hombre no se preocupa de su cuidado personal para estar solo, siempre hay una mujer en danza.

—Y ¿cómo sabes que Unzúe se cuida o se arregla?

—Los botes de crema para las manos que le pide a mi madre indican muchas cosas.

El arco. Prolegómenos

—Por favor, ¿el padre Fausto? —preguntó Diego a un obrero en el patio interior del obispado.

—No lo veo en este momento, pero no tardará en aparecer. Habrá entrado al almacén a por alguna cosa —le aclaró sin parar de empujar un carretillo lleno de zahorra.

Mientras esperaba, estuvo observando la faena que estaban haciendo y admirando la capacidad de los trabajadores encargados. Estaban colocando sobre el suelo de tierra compacta un adoquinado. Desconocía el tiempo que llevaban empedrando, pero le resultó excesivo el que emplearon en completar medio metro cuadrado del mismo. Le dio la impresión de que no tenían mucha prisa y que lo realizaban con desgana. Vio a pocos trabajando y a muchos realizando faenas innecesarias. Había, incluso, un par fumando en una esquina del recinto.

—¿Me buscabas? —preguntó un personaje con una carpeta en la mano que a Diego le resultó pintoresco.

Grueso de cuerpo y papada. Su cara resplandecía por haberse aplicado algún afeite tras asearse. Unas gafas de cristales gruesos indicaban una miopía severa. Llevaba un sombrero de paja, tan encasquetado, que le echaba las orejas hacia adelante y le daban un aspecto grotesco. La sotana enrollada en la cintura parecía un flotador. Debajo llevaba un mono azul. Unas alpargatas inmaculadas completaban su atuendo. No hacía falta ser un lince para ver que, aun dando la apariencia de ser un trabajador más del tajo, él no movía un dedo.

—El otro día hablando con el padre Octavio me dijo que tenía que verme con usted para concretar el arco que hay que construir. Podíamos hablar de qué piensan que se debe hacer: materiales, tiempo de entrega de la obra, transporte de…

—No es buen momento —le interrumpió—. Ya ves que estamos trabajando duro y no tengo un momento que perder —aclaró, a todas luces molesto con la visita.

—Ya veo lo atareados que están —declaró, reprimiendo una sonrisa—. Ya que no podemos hablar del asunto, si me da un dibujo o mejor un plano de qué quieren construir, con eso me vale y dejo de molestarles.

Como si hiciera el mayor de los esfuerzos, abrió la carpeta y sacó un papel con el dibujo de un arco de medio punto, lleno de anotaciones, medidas y recomendaciones.

—Hemos optado por este diseño. Entre otro padre y yo hemos realizado este proyecto que creemos que es el idóneo.

Diego pensó que para un arco de esas características tampoco hacían falta muchos cálculos.

—Con esos datos no tenéis que tener ningún problema en realizar la obra. Es una obra menor.

—Muchas gracias. Estoy convencido de que las indicaciones valdrán para realizar esta «pequeña obra» —manifestó intentando disimular el tono del cínico comentario.

Al volver a mirar el croquis, vio un nombre al pie.

—¿El nombre que aparece es el del arquitecto?

Era bueno saber quién había sido el diseñador. En caso de desastre, era un buen documento para culpar a quien planteó la obra.

—No soy arquitecto, pero tengo suficiente experiencia para saber cuáles son los cálculos precisos para hacer un arco.

—Fausto Gil Rúa —leyó en voz alta.

—Don Fausto, si no te importa.

Diego se marchó con la impresión de haber tratado con otro personaje del obispado de igual talante que el que visitó los talleres por primera vez.

—¿Que le ha dicho que un arco es una obra menor? —exclamó Juan enfadado, cuando Diego le comentó la entrevista.

—No te cabrees. Es confirmar lo que he pensado. Ni en broma hubiera dejado que semejante personaje realizara el trabajo. Ha hecho bien el obispado en negarle la realización de la obra.

—El dibujo está muy bien hecho, pero no es más que eso, una ilustración. Y las medidas son muy precisas, pero ni hablan de los apoyos ni de la angulación de las dovelas ni de…

—¡Déjalo, Juan! Tendremos que ir al lugar y tomar nuestras propias mediciones. Lo único claro de su boceto es la clase de arco que quieren.

—¿Es el arco? —preguntó Martín dejando de picar, al ver el papel que Diego llevaba

—Échale un ojo —le invitó pasándole el croquis.

—Del andamiaje para montar las piedras no dice nada —apuntó—. El que ha hecho esto no tiene ni idea. Hacer un arco ya tiene trabajo y aquí parece que sea fácil.

—Es tan solo una pequeña obra —dijo Diego haciendo reír a Juan.

—¡Y una mierda! —exclamó Martín. Y añadió cohibido: —Perdón.

Juan le explicó el significado del comentario de Diego.

—De carpintero y para preparar el andamiaje ya podré yo solo —indicó Martín.

—Y de picapedrero también —le aclaró Juan—. Si a usted no le importa —comentó mirando a Diego—, entre yo y este podemos hacer solos la obra al completo.

—Tengo plena confianza en vosotros.

—Id al sitio y tomad nuestras propias medidas. Sí que tendremos que hacer —aclaró Martín.

—Hace un momento lo estábamos hablando.

—Toda la mañana seguro que estamos —comentó Juan —. Juslibol no está cerca.

—Tomaos el tiempo que haga falta.

—Con papel y lápiz iremos a tomar nota.

—Y la regla y la plomada que no falte.

Martín volvió a la piedra que estaba trabajando.

—Los chicos salen juntos —se decidió a comentar Juan tras un rato en silencio.

—¿Tienes algún inconveniente en que lo hagan?

—Yo no, en absoluto. ¿Y usted?

—He avisado a Tomás que, por encima de todo, está la preparación para la universidad. Si el noviazgo no interfiere, no tengo nada que objetar.

—¿No le molesta que su hijo salga con la hija de un obrero?

—¡Pero hombre, Juan! ¿Qué soy yo? Un hombre que, como tú, se gana la vida picando piedra. La suerte de haber prosperado se la debo a estas manos callosas y a una gran parte a vuestro trabajo.

—A su hermano y a usted les estaremos eternamente agradecidos por habernos aceptado.

—Elegí a los mejores.

—Pero no tuvo ningún inconveniente en aceptarnos sabiendo de dónde veníamos.

—Juan, un día me tendrás que contar esa historia, que he oído a veces, de que sois diferentes.

—Es larga y a lo mejor no le gusta.

—Un día, con tiempo, me la cuentas y deja que yo juzgue si me gusta o no.

El consentimiento

Habían terminado de comer. Era domingo y estaban de sobremesa.

—Papá, estoy saliendo con Juana —confesó Tomás, con mirada expectante a la reacción de su padre.

—Ya lo sabía.

—¿Y eso? —preguntó sorprendido.

—El otro día me dijo Juan que su hija salía contigo. Lo comentó para saber mi opinión.

—¿Y qué le dijiste? —dijo Tomás temiendo una reacción contraria.

—Lo que le dije no tiene importancia. Lo que sí la tiene es que espero que ese noviazgo no interfiera en tus estudios o en la preparación de tu pase a la universidad.

Tomás se quedó callado buscando una contestación propicia para armonizar su idilio con los estudios.

—Parece que hoy es el día de las confesiones —exclamó Luis que, tras una pequeña pausa, continuó—. Olaia y yo estamos pensando, de forma sería, pasar por el altar —dijo mirando a todos los presentes con una sonrisa.

—¡Coño! Eso sí que es una notición —exclamó su hermano.

—Lo hemos pensado y creemos que ya es hora de formalizar nuestra relación. Ya es hora de dejar de vernos a escondidas, aunque nos consta que todo el mundo sabe lo nuestro, y de esperar a salir por Zaragoza para ir de la mano o del brazo como lo haría cualquier pareja.

—Y Zain, ¿qué dice? —preguntó Blanca, a la que Diego le había contado la historia de que era su hermano.

—Pues que está feliz. Ya ha dejado de simular ser el marido de Olaia y es libre para acercarse a otras mujeres.

—¿Y el chaval? —preguntó Diego.

—Guren hay veces que me llama *aitá* —comentó con cierto orgullo.

—Ya sabes que aquí tenéis sitio para los tres —Diego dio por sentado que el matrimonio viviría en «La casa de los Sarasa», como la llamaba el personal del taller.

—Pues hemos pensado en vivir fuera. Queremos alejarnos un poco y vivir como una familia normal, en alguna casa en Zaragoza.

—Dices «vivir como una familia normal». No lo entiendo. Viviendo aquí, ¿no lo seríais? —preguntó Diego extrañado.

—Le he prometido a Olaia guardarle el secreto del porqué de ese distanciamiento, pero prometo que, pasado un tiempo, te lo contaré.

Tomás se dio cuenta de lo que su tío estaba hablando. Olaia le habría contado que era agote y seguro que estaba en boca de sus convecinos navarros.

—No sabes lo que lo siento, pues a mí me hubiera venido muy bien otro par de manos —se quejó Blanca.

—No desesperes, cuñada. Yo creo que, no pasando mucho tiempo, nos trasladaremos aquí con vosotros —aclaró Luis.

—Papá, ¿entonces no te importa que salga con Juana? —dijo Tomás aprovechando el silencio que se había originado.

—Como te he dicho, siempre que no interfiera en tu preparación académica.

Carlos, que había estado atento a ver cuál era la conclusión entre primo y tío, le dio una patada de complicidad a Tomás por debajo de la mesa y este le contestó con una sonrisa.

—Juana, sé que tu padre no se opone a que salgamos —exclamó Tomás en cuanto se encontraron en el jardín.

—Eso me ha insinuado mi madre. Espero que no se arrepientan.

—¿A qué viene eso?

—No sé, pero es muy extraño que mi madre me haya contado casos de relaciones de uno de nosotros con un per...

—¡Con un *perluta*! —dijo Tomás enérgico.

Juana se quedó en silencio mirando fijamente a Tomás. Lo que había sospechado ahora se manifestaba de forma clara. Él sabía que era una agote. Sabía quién era y a lo que se enfrentaba.

—¿Desde cuándo lo sabes?

—Me dijiste que eras diferente y, desde ese momento, me interesé en saber qué es lo que querías decirme con eso, ya que tú no me lo explicabas.

—¿Y qué has sacado en claro?

—La historia de tu gente. La cantidad de leyendas y memeces que cuentan de vosotros. Lo mal que lo habéis pasado. Las leyes absurdas que os han subyugado. La cantidad de insultos y vejaciones que os han hecho pasar los poderosos, los potentados y hasta la propia Iglesia —dijo enfadado —. Pero hay una cosa que no acabo de comprender, ¿cómo no os habéis sublevado?, ¿cómo no os habéis revuelto contra aquellos que os han humillado de semejante manera?, ¿cómo, sabiendo que si seguíais en esa tierra no iba a cambiar nada, no os habéis ido hace mucho tiempo?

—Yo no lo sé explicar —empezó a decir Juana—. Siempre he creído que era una cosa generalizada. Que allá donde fuéramos sería lo mismo. Desde pequeños hemos oído a nuestros aitonas…

—¿A quién? —interrumpió Tomás.

—A nuestros abuelos, que las cosas que nos decían eran las mismas que habían oído siendo ellos críos y que no había forma de cambiarlas.

—Claro, y eso lo ratificaban los jueces y la propia Iglesia.

—Mi padre siempre decía que la Iglesia era para otros que no fueran los agotes.

—He leído cosas denigrantes que os ha impuesto. Lo que me sorprende es que todavía seáis buenos cristianos y no unos herejes.

—Desde pequeños nos han dicho que en el Cielo todos somos iguales. Que no hay agotes.

—Como en Zaragoza entonces —dijo con una sonrisa.

—Entonces, ¿te da igual que sea una agote? —se atrevió a preguntar tras un rato de silencio.

—¡Juana, rápido, ven! —le gritó su madre desde una ventana cortando la conversación.

Se iba corriendo cuando, girando la cabeza, volvió a preguntar:

—¡¿Te importa?!

—¡No! —gritó convencido.

—Carlos, yo creo que por fin vamos a poder salir juntos —proclamó Tomás en cuanto llegó Carlos.

—Os he visto hablando en el jardín y parecíais contentos.

—Me da que su madre todavía tiene ciertos reparos, pero espero que con el tiempo logre salvarlos.

Carlos llevaba un papel en las manos y, sin decir palabra, se lo dio a su primo.

—¿Y esto?

—Lee —le dijo serio.

—¡Coño, primo! Esta tía te quiere llevar a la cama —le indicó con una sonrisa tras leerlo.

—Todo sería de puta madre si fuera otra la que lo firmara.

—Tania. ¿Está buena?

—¿A cuántas Tanias conoces?

—La señora mayor que vende cupones de los ciegos y la… ¡Joder! ¡La profe de francés!

—Ayer, a la salida de clase, me dio el papel, pero olvidé leerlo. No ha sido hasta esta tarde que me lo he encontrado en el bolsillo. Me he quedado de una pieza. Sé que siempre he sentido que tenía cierta preferencia por mí. Que me escuchaba con más atención que a los demás y que, cuando me equivocaba, me corregía con menos severidad.

—Que estás enchufado, ¡vamos!

—Sí, pero de ser un privilegiado a esto, va un rato.

—¿Qué piensas hacer? La verdad es que no es muy mayor y está de muy buen ver —le decía con una sonrisa.

—¡Vete a la mierda! —exclamó enfadado—. Si la rechazo, me va a hacer la vida imposible y si acepto…

—Lo más seguro es que no será una única cita que te pida. Te veo acostándote con ella hasta que finalices el bachiller —le dijo serio Tomás.

—No sé cómo voy a salir de este atolladero.

—¿Se lo has comentado a alguien de la clase?

—Como te he dicho, lo he leído esta tarde.

—Pregunta. ¿A ver si no eres el único al que le ha llegado la proposición?

—¿Estás insinuando que la profe va de «asaltacunas»?

—¡Bueno! ¡Bueno! Menos asaltacunas, que tú ya tienes unos añitos.

—Pero para ella…

—¿Qué edad debe de tener?

—Los treintaicinco ya los ha cumplido, seguro.

Zaragoza 1906

Heraldo de Aragón

Ayer asistimos de nuevo a la apertura del Mercado Central, obra del insigne arquitecto D. Félix Navarro, obra que fue inaugurada hace un tiempo y cerrada temporalmente al público para finalizar los trabajos de compartimentación y ornato. Con este monumental edificio, la capital aragonesa se incorpora a la modernidad de ciudades que transforman las antiguas ferias, dedicadas al comercio de la Edad Media, en renovados edificios, dignos de los tiempos en que vivimos. Para ello se ha utilizado un material moderno y nuevo, como es el hierro de fundición. La nueva tipología ha nacido a partir de Les Halles, el gran mercado de París, con el propósito de mejorar las condiciones higiénicas y saludables de los alimentos perecederos. Se hizo especial mención a la aportación de saneamiento, que en sus bajos ha realizado «Talleres Sarasa», que con bloques totalmente enquistados impiden la penetración de humedades tan perjudiciales a los productos que allí se han de almacenar. Felicitamos, de nuevo, a D. Félix Navarro por su magnífico trabajo, al igual que a los citados talleres, que entre ambos harán que este nuevo edificio tenga las mejores condiciones profilácticas para evitar posibles infecciones a los ciudadanos.

Diego, una vez que terminó de leer en voz alta el artículo a todos los trabajadores reunidos en el taller, levantó la vista para observar cómo todos lo miraban con una sonrisa. Cuando reaccionaron, rompieron en un fuerte aplauso.

—¡Seguro que ahora nos van a llover los encargos! —comentaron con alegría.

—Pues, si aumentan, me veo contratando a más trabajadores porque andamos muy justos —confesó Diego.

—Si se decide a hacerlo, con su permiso me acercaría a Bozate para traerme a otros cuantos vecinos —le comentó Juan.

—Si todos son igual de buenos trabajadores como los que habéis venido hasta ahora, desde luego.

—No lo dude.

Luis observó que, pese a la aparente alegría por la noticia, su hermano ocultaba un resquemor.

—¿Qué pasa, Diego? —le dijo en un aparte.

—La noticia es extraordinaria, pero creo que entre el resto de talleres de Zaragoza se van a originar una serie de envidias que puede que nos traigan malas consecuencias.

—No veo por qué. Somos los mejores y es normal que nos envidien.

—Los celos son terribles. Nos van a tener en el punto de mira y van a juzgar nuestro trabajo con lupa. Al menor fallo, nos van a destrozar con sus críticas e intentarán que caigamos en desgracia.

—Hermano, ¿no es una visión muy catastrofista?

—En absoluto. El que nos quiten de en medio será un objetivo a conseguir. Si lo consiguen, significaría más trabajo para ellos.

—Pues habrá que tener cuidado. De todas formas, no veo que puedan censurar nada de lo que hacemos. No vamos quitándoles trabajos, son los clientes los que nos buscan. Si ellos trabajan peor, no es culpa nuestra.

—Lo decía nuestro abuelo: «Cuando no encuentres un motivo por el que te critican, piensa en envidia, puta envidia. Darás con la verdadera razón de su odio» —aclaró Diego muy serio.

Quedaron en silencio, rumiando sus últimas consideraciones.

—Al cementerio de Juslibol iré mañana con Martín—le dijo Juan.

—Llevaos el dibujo que nos dieron a ver si se ajusta a lo que veáis.

—Poco creo que nos va a ayudar.

—Si no os importa, me gustaría acompañaros —dijo Luis.

—Tal y como llevas todavía la pierna, no sé si es bueno ese paseo —le apuntó Diego.

—Si llevamos la carreta del transporte de piedras, el señorito Luis no tendrá que andar.

—Llevaos la pequeña.

—La de varas de dos ruedas, que es la más cómoda. Iremos a primera hora, si a usted no le importa.

—En absoluto —afirmó Luis.

Cuando los hermanos se quedaron solos, Diego preguntó extrañado:

—¿A qué viene ese interés en ir a ese pueblo?

—Cuando hablaste de Juslibol, recordé una historia que escuché. Cuando el arzobispo de Zaragoza toma posesión de esa diócesis lo hace montado en un caballo blanco. Me llamó la atención ese relato y me gustaría saber qué hay de cierto en todo eso.

—Eso explicaría, entre otras cosas, el interés en arreglar la entrada del cementerio. Es una plaza importante para el obispado.

—Y hablando de otra cosa, ¿qué tal te van las cosas con Olaia?

La tardanza en contestar hizo que Diego se preocupara.

—Nos va bien. Bueno, con altibajos —contestó con tono triste.

—Dale tiempo al tiempo. Se irá dando cuenta de que Zaragoza no es Borzarte.

—Bozate —corrigió Luis.

—Y puede saberse qué es lo que le preocupa o qué es lo que todavía le hace atarse al pasado.

—Me da que, entre las mujeres, todavía hay evocaciones al Baztán.

—Será entre las mujeres, pues hace poco hablé con Juan de la relación entre su hija y Tomás, y no hubo inconveniente ninguno.

—De todas formas, creo que todo cambiará si, por fin, vivimos fuera de estos muros. El trato con las mujeres del resto de trabajadores no será tan continuo y, además,

Olaia podrá ver que, en el exterior, ni saben ni les importa si es de Bozate o de Utebo.

—Entonces os habéis propuesto, definitivamente, vivir fuera.

—Yo sí. Ella tiene dudas.

Diego se quedó con las ganas de profundizar en por qué los navarros de Bozate se sentían diferentes. Parecía que su hermano lo sabía. Ya habría ocasión para que le sacara de dudas.

Juslibol

Tras una hora de viaje en carreta, entraron al pueblo.

—¡Perdone! ¿En dónde se encuentra el cementerio? —preguntó Juan, al único viandante que vieron.

—¿Preguntan por el viejo o el nuevo? —contestó, confundiendo a los recién llegados.

—Será en el que el obispo quiere hacer una entrada bonita. Un arco —dijo Luis por dar un dato que pudiera orientarle.

—Seguro que es el que está adosado a la iglesia, el otro ya no se usa. Sigan hasta el final del pueblo. El cementerio tiene un ciprés muy alto. No tiene pérdida.

Conforme avanzaban con el carro, intuían que, tras muchos visillos, ojos curiosos vigilaban su paso.

Juslibol resulta ser un pueblo estrecho que, entrando desde Zaragoza, es una alineación de casas a lo largo de una calle central que termina en la iglesia. Por la parte derecha está limitado por unas paredes calizas y por su izquierda, por el rio Ebro.

En sus alrededores hay antiguas fábricas de yesos, hornos y calderas en desuso.

A mitad del recorrido vieron varias lápidas llenas de musgo, apoyadas en una cerca que rodeaba a un pequeño campo sin roturar. En una esquina varias cruces herrumbrosas daban fe de en dónde se encontraba el cementerio viejo que el paisano había insinuado.

Poco les costó saber cuál era el cementerio que buscaban. Un alto ciprés al costado del templo marcaba el lugar que iban buscando. Ataron al caballo en una aldaba y echaron pie a tierra. Bajaron las pocas herramientas que habían traído para hacer las medidas pertinentes y se dispusieron a tomar nota de todo lo que consideraban necesario para realizar la obra.

Juan y Martín se acercaron a la entrada del camposanto.

Lo primero que observaron fue que la cerca que lo rodeaba estaba en muy malas condiciones.

Juan rascó con un palo un poyete de la entrada. La argamasa que lo componía se deshizo y un puñado de tierra suelta cayó al suelo.

—Aquí hay la hostia de trabajo, más que el de solo hacer un arco. Los puntos de apoyo son muy flojos— apuntaba Juan.

Mientras tanto, Martín con una plomada miraba la perpendicularidad de la entrada. También con un metro tomó algunas medidas.

—Está descuadrada. Una parte de la entrada de la cerca es más baja que la otra —remataba Martín.

Con dificultad, Luis se bajó de la carreta. Se le había dormido la pierna accidentada. Observó las dificultades con las que se encontraban sus compañeros de viaje y supo que tenían para un rato largo estudiar cómo corregirlas. La cantidad de palabrotas que soltaban a cada medición daban fe de los obstáculos que se encontraban.

En la plaza, en un banco de piedra, sentada al sol, una señora muy mayor parecía zurcir una prenda de vestir.

—Buenos días, señora —saludó Luis.

—¿Dígame? —contestó poniendo una mano en forma de concha en su oreja para escuchar mejor.

Luis intentó hablar con ella levantando mucho más la voz, pero la pobre señora era sorda de solemnidad y no había manera de establecer una mínima conversación.

—¿Qué se le ofrece? —dijo una joven saliendo de una casa próxima al escuchar el alboroto y mirándolo con desconfianza.

—Perdón, solo quiero informarme de cosas de este pueblo. No pretendo molestar a nadie y menos a esta anciana. El problema es que, como creo que no oye bien, levantaba mucho la voz para intentar que me entendiera.

—Siempre hace ese gesto con la mano en la oreja, pero la verdad es que no oye nada de nada.

—¡Vaya! Lo siento.

—Dígame qué quiere saber.

—Algunas curiosidades del pueblo como la que tienen de la primera visita del obispo al pueblo. Quisiera saber cuánto hay de verdad en ello.

—De esas cosas el que más sabe es el cura.

—¿Y dónde puedo encontrarle?

—Don Teodoro vive en esa casa —dijo señalando una puerta a su espalda.

—¡Joder! Un buen dibujo de medidas exactas qué difícil es de hacer en el sitio correcto —maldecía Juan cada vez que Martín le daba una nueva medición.

—Creo que lo mejor sería tirar la tapia abajo y construir una nueva —apuntaba Martín.

—El problema es que en ella hay adosadas lápidas y no creo que nos dejen moverlas.

—Son losas de antiguas sepulturas ya vacías, pero que seguro que las familias no quieren que se tiren.

—En Bozate también tenemos estelas de hace muchísimo tiempo.

—La familia Martín tenemos una de hace dos siglos.

—Pedro Soldevila y Romero, 1710-1773 —leyó Juan en una de ellas cubierta totalmente de musgo.

—Seguro que sus familiares no quieren que se mueva esa losa del sitio.

—Pues un problema gordo vamos a tener. La tapia se deshace con rascarla. Será difícil de hacer para que aguante el peso del arco.

—¿Y las alturas? La parte derecha de la puerta es un palmo más alta que la de la izquierda.

Juramento tras juramento, fueron tomando nota de todo aquello que consideraban importante para la obra.

—¿Qué tal la visita, señorito Luis? —le preguntó Juan de vuelta en la carreta.

—El cura me ha informado de multitud de datos curiosos, empezando por el nombre del pueblo —aclaraba.

—Juslibol. Ya es raro de la hostia —afirmaba Martín.

—Viene de antiguo de una cruzada que se hizo con motivo de la toma de Zaragoza a los moros, del grito de los guerreros cristianos que decían *Deus lo vol*, del cual derivó en el nombre actual.

—Como Bozate. Decían los *aitonas* que en euskera significaba cinco puertas —apuntó Martín.

—¿Quiénes?

—Los abuelos —le aclaró

Mientras Martín conducía la carreta, Luis reparó en la cantidad de papeles que Juan ojeaba y en los que, de vez en cuando, hacía nuevas anotaciones. Datos, apuntes e incluso dibujos llenaban las carillas. Suponía que eran el conjunto de notas que habían tomado para la realización de la obra.

—¿Qué tal se presenta el trabajo? —se interesó.

—Pues difícil. Tendremos que echar mano de un montón de apaños, remiendos y chapuzas para que ese arco se mantenga en pie.

—¿Tan malo es?

—Sacarlo adelante ya sabremos, pero desde luego el trabajo no es una tontería.

—¿Y por qué no lo rechazáis?

—¿Rendirse? Ni pensarlo.

—Me imagino que, si le dijerais al obispado las dificultades que representan los obstáculos que os habéis encontrado, casi estoy por asegurar que desistiría de hacer la obra.

—Señorito Luis, ¿y que se burlara de nosotros? *Ezer ez* o, como dicen ustedes, de eso nada. Nos llevará tiempo, pero el arco se construirá pese a todo.

—Ya veo. Parecéis aragoneses en vez de navarros.

—No somos navarros, pero, de todas maneras, ¿por qué dice eso?

—Por lo cabezudos que me da la impresión que sois.

A escondidas

A primera hora de la mañana, y antes de que llegaran el resto de trabajadores, Juan y Martín estuvieron poniendo en orden todos los datos tomados el día anterior. Al final, una veintena de papeles con multitud de dibujos y notas era el plantel de los trabajos que tenían que realizar para llevar la obra a buen término.

Diego se quedó boquiabierto cuando vio desplegados en el suelo del taller los papeles manuscritos por Juan y Martín. Al echar una simple ojeada, se dio cuenta de la dificultad que tenía la construcción de aquel arco. Ya le había avisado su hermano cuando, al llegar de su viaje a Juslibol, le contó la extensa documentación que los talladores habían acumulado.

—¿No es excesiva tanta documentación?

—A pesar de tenerlo todo tan bien, nos surgirán dificultades —explicó Juan.

Después de determinar cuál iba a ser el método de trabajo, decidieron que, en el fondo de la nave, lo irían montando de acuerdo con los datos obtenidos sobre el terreno, de tal forma que, en su día, no tendrían más que desmontarlo y volverlo a levantar de una forma definitiva en la puerta del cementerio.

—Si hace falta que os echemos una mano, no tenéis más que decirlo —les recomendaba Diego.

—Ya nos valemos yo y Martín, pero gracias por el ofrecimiento.

Durante dos días estuvieron seleccionando madera para el artesonado que serviría de apoyo a las piedras del arco durante su construcción. Una vez que se colocara la clave, piedra central en su parte superior, ya podría quitarse el maderamen. El arco se mantendría estable y con una tremenda capacidad de carga.

Cuando a Diego le dijeron el precio de la madera de roble que los dos talladores debían emplear, no puso impedimento ninguno. Si era ese el tipo de tabla que necesitaban, adelante. Ellos sabían mucho más que él de construcción de arcos y la fama de Talleres Sarasa estaba en juego.

Cuando tuvieron las tablas cortadas, empezaron a construir un andamio que, partiendo del suelo, remataría en la parte superior en una curva cerrada.

Les llevó dos días terminar ese esqueleto de madera. El resto de talladores apartaban, de vez en cuando, los ojos de su trabajo para mirar con envidia el trabajo de sus compañeros.

—Una vez en Elizondo, ayudé a construir uno en la casa de un *amatxoa* —decía Unzúe sin dejar de picar piedra.

—¿Por qué le llamas hijo de puta? —preguntó Cizur.

—No nos pagó porque decía que estaba mal construido. Que estaba fuera de plomada y que podía caerse.

—¿Y qué pasó?

—Que tenía razón. Aquella misma noche se cayó —le decía guiñándole un ojo y con una sonrisa.

Todas las tardes, tras sus labores, la de Tomás en el instituto preparándose para la universidad y Juana ayudando a su madre en las tareas domésticas, procuraban verse en el jardín situado entre la casa de los Sarasa y la de los trabajadores. Los dos eran conscientes de que eran vigilados. Cuando paseaban por Zaragoza los días festivos, lejos de los talleres, aprovechaban para ir de la mano, pero siempre vigilantes de no ser sorprendidos por ninguno de su familia. Tenían el permiso de los respectivos padres para salir juntos, pero temían que, si les sorprendían con la más ligera muestra de cariño, podrían peligrar aquellas salidas.

El taller estaba vacío y en silencio. Se había acabado la jornada de trabajo. Juana le había contado a Tomás la obra que junto a Martín estaba haciendo su padre.

—¿Y si nos acercamos a ver cómo la hacen? —preguntó Tomás.

—¿Tú crees que no nos llamarán la atención si no nos ven en el jardín?

—Podemos decir la verdad. Que queríamos ver cómo va la construcción del arco.

Con el miedo de, en cualquier momento, oír una voz que les llamara la atención, con el sigilo de un cazador avanzando a pasos cortos, se iban acercando al taller simulando hablar de manera relajada.

—Me tiemblan las piernas —decía Juana en voz baja a pocos pasos de la entrada.

—Ya casi estamos.

A pesar de estar muy adelantada la tarde, aún entraba suficiente luz por la claraboya para distinguir con claridad en qué situación se encontraba la obra.

—¡Joder! ¡Vaya trabajazo! —exclamó Tomás cuando vio todo el esqueleto de madera.

—Dice mi padre que en esto Martín es el mejor.

Cogidos de la mano, dieron una vuelta alrededor del andamiaje. Mientras miraba a la parte superior, Juana tropezó. Tomás, para evitar que cayera, la cogió por la cintura y quedaron abrazados. Era la primera vez que la sentía tan cerca. Cuando pensó que ella se separaría, no lo hizo. Pasaron unos momentos en que los dos estaban indecisos mirándose a los ojos y sin saber qué hacer. Tomás se decidió y la besó suavemente. Notó cómo Juana se estremecía y hasta emitió un leve gemido.

—Perdona, no me he podido retener —decía balbuceando Tomás al separase—. Lo siento —dijo excusándose.

—Yo no.

Los dos se quedaron muy quietos. Tanto a la una como al otro les habían sorprendido esas palabras. Tomás no esperaba una confesión como esa y a Juana le fascinó que hubiese sido capaz de expresar lo que ya hacía muchas jornadas deseaba.

—Juana, te quiero. Siento por ti lo que…

—¡Cállate! Yo también te quiero —le interrumpió.

Cuando salieron del almacén, lo hicieron en silencio. No sentían el suelo. Era como si levitaran. La reciente sesión de abrazos y de besos los había trasladado a otra dimensión. De no haber pedido a Tomás salir del almacén, posiblemente habrían llegado más lejos. Juana fue consciente de ello y no quería, de momento, pasar de ciertos límites.

Más tranquilos y a la hora de despedirse, Tomás decía:

—Ya podemos decir que, ahora de verdad, somos novios.

—Pues no lo digas de momento. Primero quiero hablarlo con mi madre.

—No sé si seré capaz de ocultarlo. La mía es muy *sarguta*.

—¿Que es qué?

—Perdona, es una palabra muy aragonesa. Que es muy lista. Que es capaz de saber qué me pasa sin preguntar. De todas formas, ¿qué va a cambiar si lo decimos en nuestras casas? Se tendrán que dar cuenta de que es imposible oponerse a nuestros sentimientos. No pueden prohibirlos.

—Estoy de acuerdo contigo, pero prefiero que se entere mi madre por mí antes de que se llegase a enterar por alguna indiscreción de mi hermana.

—¿Qué puede sospechar Edurne de todo esto?

—Ni te lo imaginas. Ella sí que es una sar… sar…

—Sarguta.

La boda

Todo el que pasaba ese sábado cerca de la puerta de la iglesia de san Pablo se paraba sorprendido por la música que se oía en el interior. No era el órgano el que sonaba, era de un instrumento que muchos desconocían

—Es un chistu —dijo un viandante al resto de curiosos.

—¿Y eso qué es?

—Un tipo de flauta. —El ilustrado aclaró que si lo conocía era porque, en las fiestas de Pilar, había grupos navarros y vascos que llevaban ese tipo de instrumento.

Olaia llevaba un traje de falda chaqueta que entre las mujeres de Martín y Juan le habían arreglado y ajustado para la ocasión. Nekane rebuscando, había encontrado el velo que ella había utilizado el día de su boda. Llegaba hasta el suelo, pero tuvieron que recortarlo por un agujero en la parte baja. Se sujetaba a la cabeza con una corona cuajada de flores.

Luis iba de la forma tradicional de novio: traje oscuro y flor en el ojal.

—El domingo nos casamos —Luis le había dicho a su hermano el lunes.

—¡Coño! ¿Ya? —le había replicado sorprendido por la inmediatez del evento.

—No queremos una boda con muchas campanillas. Que sea una ceremonia sencilla. El resto de celebración lo haremos en casa.

—¿Habrá que invitar a los amigos?

—Solo a los trabajadores del taller y a sus familiares.

—Y ¿por qué esas prisas? —preguntaba Diego extrañado.

—A Olaia se le empieza a notar la preñez.

Cuando fue pública la noticia, las mujeres se pusieron nerviosísimas. Había que organizarse. Había que preparar a la novia y el banquete. Se tenían que arreglar ellas mismas. El tiempo era muy escaso para todas las cosas que consideraban muy importantes e imprescindibles para semejante suceso.

Los hombres, por su parte, tras darle una palmada en la espalda al novio, tan solo le recomendaban que en el banquete no faltara de nada.

Unzúe fue a hablar el viernes con el cura que iba a celebrar la ceremonia para preguntarle si podía tocar el chistu durante la celebración. El sacerdote, tras enterarse de qué era un chistu, le hizo prometer que la música que iba a interpretar fuera sacra, a lo que el chistulari, muy serio, le aseguró que su repertorio sería serio y sagrado. Cuando le contaba el caso a Martín, no paraban de reírse.

—Si supiese el cura que entre los títulos que le he dado están *mozkortuta, biluziak y gaua*, me excomulga.

—"Borrachos", "desnudos" y "noche de juerga", muy apropiados —decía Martín volviendo a reírse.

Zain, su hermano, hizo de padrino de Olaia, mientras que Blanca hizo de madrina de su cuñado.

Cuando el sacerdote le dio paso a Cizur para que dijera unas palabras, se quedó de piedra. Empezó a hablar en euskera, lengua que solo comprendían unos pocos. Cuando hizo mutis, todos respiraron. Suponían que el *zoriontsu izan* final debía de ser algo parecido a que los novios fueran felices.

Guren, cuya madre quiso que fuera parte activa en su boda, fue el encargado de hacer llegar a los esposales las arras y, como era de esperar, con los nervios, inclinó demasiado la bandeja que las llevaba y se desparramaron por el suelo. Le ayudaron a recogerlas mientras que el chaval, rojo de vergüenza, pedía perdón por su torpeza.

Otro de los tópicos fue cuando Luis no encontraba entre sus muchos bolsillos de chaqueta y chaleco las alianzas de esposales, poniendo nerviosa a Olaia que, con mirada suplicante, esperaba el desenlace.

Aparte de estas simples anécdotas, la ceremonia pasó entre silencios para escuchar música de chistu, miradas sospechosas del prelado a la tripa de Olaia y sofocos temporales de la novia debidos a su estado

En una de las últimas filas, siendo ya novios oficiales, Tomás y Juana, cogidos de la mano, se emocionaban pensando que en algún momento fueran ellos los protagonistas de la ceremonia. Como era preceptivo, a Juana, en el momento del sí quiero de los novios, se le escaparon un par de lágrimas.

El jardín estaba ocupado por unas largas mesas, que las mujeres iban llenando con una cantidad ingente de platos con vituallas de todo tipo. Las había calientes, frías, líquidas y sólidas. Por supuesto, que no faltaban los embutidos ni las bebidas de todo tipo. En lugar preferente, una tarta de cuatro pisos, regalo de bodas del panadero y del barrio, esperaba el momento álgido del ágape en el que los novios, con una sierra de arco de mano de las de cortar piedra, utilizarían para trocearla y repartirla entre los concurrentes. Eso había sido una idea de Juan, que creía que era más propio de un tallador que no hacerlo con un simple cuchillo. Tuvo que pasar más de un día para dejarla pulida y limpia, digna del momento.

—¿Qué tal, Juan?, ¿tendremos el arco a punto para la ceremonia de inauguración? —preguntaba Diego llenando el vaso de su empleado.

—Eso no se duda. Martín dice que en dos días tiene el artesonado listo y yo ya tengo casi todas las dovelas marcadas. En nada lo montamos en el taller.

—De todas formas, está la cosa complicada ¿no? Eso de que un apoyo sea más alto que otro tiene que ser un incordio.

—Para un novato sí —dijo con orgullo aclarando que para ellos no lo era.

—Dejemos de hablar de trabajo. Hoy hay que celebrar el acontecimiento —dijo chocando su vaso con el de Juan.

—Los chicos parece que siguen adelante —dijo Juan señalando con la barbilla a la pareja de novios que, en el otro extremo de la mesa, hablaban muy animados uno muy cerca del otro.

—Mientras Tomás no se despiste con sus estudios, no pondré ningún inconveniente.

—Yo creo que, a estas alturas, usted y yo poco podemos influir en lo que ellos decidan.

—¿Cómo se han tomado el resto de compañeros navarros la unión de mi hermano con Olaia?

—Ha pasado mucho tiempo para seguir teniendo los mismos desasosiegos y opresiones que teníamos en nuestro pueblo. Zaragoza no es Bozate. Y que le conste que no somos navarros.

—Juan, algún día me tienes que contar qué situación o qué circunstancias os llevaban a vivir de distinta manera que el resto de personas.

—Con dos o tres vasos más, igual se me suelta la lengua.

Los dos soltaron una sonora carcajada.

La tarde transcurrió entre risas y algún que otro grito, de *bizi bikoteak* y *utzi msukatzen*, o sea, viva los novios y que se besen, como en cualquier boda que se precie

167

de serlo. La pareja respondía con brindis o haciendo caso a los presentes dependiendo de lo que se les gritaba.

A media tarde, Luis dejó de ir de un sitio para otro y se sentó con evidentes muestras de cansancio. La pierna que en su momento fue damnificada pedía descanso. Diego había dejado en manos de su hermano las labores de administración, por lo que no tenía que ir a los talleres, cosa por otra parte inútil ya que su mano no podía agarrar fuerte ninguna herramienta. A Luis el trabajo diario no le fatigaba, pero hoy sí que el trajín de todo lo que lleva consigo una boda le estaba dejando exhausto. De todas maneras, se había propuesto aguantar hasta el final.

Cuando la tarde oscurecía y por deseo de Luis, se le dio fuego a una gran hoguera. Sonó la música y empezaron los bailes alrededor de la fogata.

Unzúe mandó callar a todos los presentes y se dirigió a los novios e interpretó una pieza al chistu, que dijo ser de su invención, y la ofreció como su regalo de bodas.

Además de a los novios, algunos ojos más se llenaron de lágrimas.

La fiesta duraría hasta altas horas de la madrugada. Sin avisar a nadie y sin que ninguno se percatara, Luis y Olaia desaparecieron. Cuando Guren preguntó por su madre, Zain le avisó que esa noche dormiría en casa de los talladores.

Tomás y Juana, amparados por las sombras, se alejaron del bullicio y se abandonaron a sus impulsos. Se besaron como nunca lo habían hecho y sus manos exploraron por primera vez sus cuerpos. Nadie los echó en falta y ellos fueron felices.

Tecnología

Toda la armadura de madera que debía mantener, en primera instancia, el arco de piedra ya estaba levantada en el taller.

—¡Menudo esqueleto! —dijo Diego cuando lo vio en pie—. ¿Seguro que será capaz de aguantar toda la piedra del arco? —añadió dubitativo al ver la cantidad de piedras trabajadas que debían formar la obra.

—Cuando Martín dice que aguantará, es que aguantará. Confío en él —afirmó Juan.

En ese momento, Martín entró en el taller y se acercó a ellos.

—¿Qué le parece? —preguntó a Diego.

—Pues me estaba diciendo Juan lo bien que estaba realizado el armazón.

—Lo cierto es que me decía que si iba a aguantar el peso —Diego lo miró con mirada inquisitiva. No le había hecho gracia que lo descubriera.

—¡La hostia! Él fue el primero que dudó de eso —aclaró Martín.

—Esta semana lo veremos. Mañana mismo empezamos a colocar las dovelas y demostraré que no me he equivocado en la construcción de la cimbra.

—Perdón, ¿la cimbra? —preguntó Diego.

—Es lo que ve. El esqueleto de madera que, una vez colocada la clave, retiraremos para dejar solo las piedras. También se le llama cercha.

—¡Joder! Perdón de nuevo. Has nombrado la clave. Y ¿qué coño es la clave? —preguntó de nuevo Diego, demostrando de nuevo su desconocimiento del léxico en materia de arcos.

—Es la piedra fundamental que mantiene las fuerzas del arco repartidas en sus dos columnas. Es la piedra que se coloca en lo más alto. La última —le aclaraba Juan.

—Ahora explícame, ¿por qué me da la impresión de que el esqueleto está hecho … como por partes? ¿Como si se pudiera desmontar a cachos? —se decidió Diego a preguntar y no quedarse con dudas.

—Así es. Una vez que montemos el arco aquí en el taller, quitaremos la estructura de madera y veremos si el arco se mantiene tieso y totalmente vertical. Como hemos de montarlo en la puerta del cementerio, no será necesario trabajar en un nuevo artesonado. Martín ya ha hecho la cimbra desmontable. La montaremos de nuevo en el sitio y después ya podrá ser desechable —le explicó Juan.

—Me he fijado que las columnas de piedra que habéis colocado desde donde debe de partir el arco, una está más baja que la otra —observó Diego.

—Así es. En el cementerio, en la entrada en donde debe ir el arco, una parte de la tapia es unos veinte centímetros más baja. Lo haremos aquí para no tener que corregir nada en el sitio —explicó Martín.

—¿Y eso se puede corregir?

—Haremos un salmer los centímetros necesarios más bajo y será la mejor solución —le dijo Juan.

—¿Salmer? ¡Otra palabreja! —exclamó Diego.

Martín y Juan se echaron a reír. Estaban tan acostumbrados a ese léxico tan particular que no eran conscientes de que era desconocido para el resto de personas.

—Un salmer es la dovela primera que está apoyada en la imposta. ¡Perdón! La imposta es normalmente una losa en la que se apoya el salmer —se apresuró Juan en explicarle a Diego el nuevo término.

—¡Bueno, ya vale! —dijo Diego serio—. Lo único que me interesa es que el trabajo se realice bien y en su tiempo.

—Ni se duda —contestaron casi al unísono

Dejando a los dos talladores con una sonrisa, se alejó murmurando:

—Dovelas, cimbra, cercha, salmer, imposta, cuántas palabrejas. ¡Madera y piedras y ya está!

No se le ocurrió pensar que ellos, los talladores de Ayerbe, también tenían su propia jerigonza para referirse a parecidos términos. *Dovala* por dovela, *tarabidau* por cimbra o armazón, *zaborro* por piedra gruesa sin trabajar, *enzunar* por nivelar o *boltear* por construir un arco, por poner unos pocos casos. El aragonés que ellos chapurreaban también tenía sus propios vocablos.

—Mañana empezamos a levantar con la grúa —decidió Juan una vez que Diego se marchó.

—Ya hará falta que nos echen una mano.

—He hablado con Unzúe. Que contemos con él, me ha dicho. —dijo señalándolo con la barbilla.

—¿Qué le pasa? Parece que está triste.

—Me ha dicho Cizur que parece que ha tenido un *haserre* con su novia.

—¿Una bronca con la Marisol? No me extraña. Ya el día que me la presentó no me pareció trigo limpio.

—¿Y eso?

—Al principio parece una mosca muerta, pero luego se le ve el plumero.

—¿Qué me dices?

—Ya te contaré.

En pocos minutos sería de noche Por los ventanales del taller todavía entraba luz suficiente como para ver el artesonado de madera.

—Tu padre es un verdadero artista —confesaba Tomás al ver el magnífico trabajo de artesonado.

—Dice que el verdadero responsable es Martín, que él solo le ha echado una mano.

Cogidos de la mano, rodearon la obra despacio admirando cada parte de aquel armazón de madera. Ya se había hecho de noche. Iban a salir del almacén cuando

Tomás la atrajo y la besó. Sintió cómo ella se estremecía, pero se apartó.

—Hoy no. Sangro —le aclaró.

Desengaño.

Heraldo de Aragón

Ayer en el Café Terraza de Torrero pudimos asistir a un pase privado de la función titulada «La muñeca eléctrica», en la que la famosa y esplendorosa bailarina Señorita Luz presentó, con un vestuario de finos velos y sofisticadas coreografías, su peculiar baile.

Así comenzaba un artículo del periódico que Diego leía a sus trabajadores que con cara de extrañeza habían dejado sus trabajos para escucharle. Se saltó gran parte del artículo en el que hablaba de la historia de la Señorita Luz y fue directo al párrafo que le incumbía.

Hemos de destacar que, además de maravillarnos con la magnífica representación, adornaban el espectáculo los extraordinarios decorados del teatro, sito en la playa del Canal Imperial que, tras la restauración realizada por los afamados «Talleres Sarasa» de nuestra ciudad, dieron mayor empaque al espectáculo.

Todos al unísono rompieron en vítores.

—¿Qué te pasa, Unzúe? No te veo muy entusiasmado por la noticia —le preguntó Cizur cuando lo vio aplaudir con desgana.

—Estoy jodido y no estoy en lo que celebro.

—Ya he visto que has fallado un par de veces con la maza. Pon atención o terminarás por machacarte la mano.

—Voy a pedirle a Diego que me dé permiso para salir del taller esta tarde —anunció levantándose de taburete de trabajo.

—Es por algo de Marisol, ¿no?

Unzúe se alejó sin contestarle.

Cuando salió del taller aquella tarde, en verdad no sabía ni dónde ir y no sabía a ciencia cierta para qué había pedido el permiso.

Diego, que llevaba varios días viendo al muchacho trabajar sin la energía con la que atacaba cualquier tallado, pensó que sería bueno que se ausentara e intentara arreglar su problema con Marisol. Aunque él no había dicho nada, todos sus compañeros adivinaron que la melancolía que le atenazaba era por culpa de alguna desavenencia con dicha mujer.

No sabía por qué había ido al *meublé* en donde, en otro tiempo, se había visto íntimamente con Marisol. En su fuero interno intuía que allí podía estar el misterio de que ella hiciera tanto tiempo que lo rehuyera.

El día que Martín le dijo que esa muchacha no le convenía pensó que era la clásica recomendación propia de un agote. «*No te mezcles con alguien que no sea de los nuestros*». Pero, a la vista de cómo Marisol se había comportado con él, pensó que quizás tenía razón. Ella había descubierto su ascendencia y ahora lo rechazaba.

—¡Hola! ¿Me recuerda?

—Claro, tú eras el muchacho que antes venías con la rubia teñida.

—¿Por qué dice antes venías?

—Me parece que eres muy novato en cuestiones de amoríos y eso te va a costar muchos disgustos —le dijo la señora mirándole con dulzura.

—¡Joder! Es mi primera novia —expresó con tristeza.

—Pues, si quieres un consejo de esta vieja celestina, te recomiendo que la olvides—. Calló por un momento, pero viendo que a Unzúe había que darle un motivo suficientemente grave para quitársela de la cabeza confesó: —Chico, esa pelandusca ahora viene con un vejete que podía ser su abuelo, pero ella no ha visto sus arrugas, lo que ha notado es que su faltriquera suena mucho.

—No lo entiendo. ¿Qué es eso de la faltriquera?

—¡Que tiene pasta, zagal, y mucha!

—Quizás necesite el dinero. Si es por eso, ya le diré que puedo dárselo.

—Eres un iluso y muy buena persona. Te voy a contar un par de cosas. Ya me pareció falsa la actitud de ella la primera vez que vinisteis. No encajó la cara de asustada que puso y la prisa que se dio en subir. No era la conducta de una primeriza. Normalmente las novatas lo primero que intentan es ocultar su cara y no es raro que, cuando doy la llave, ellas hagan amago de marcharse. Es como si, al ver tan próxima la acción de tener que acostarse, se arrepintieran y quisieran huir. No ocurrió lo mismo con la rubia. Cuando subisteis, ya pensé que no era la primera vez que visitaba una casa como esta.

—Usted no me dijo nada.

—Hijo, es mi negocio. Yo vivo de que la gente quiera acostarse de tapadillo.

—Tengo que hablar con ella —manifestó con los ojos húmedos.

—Escucha. Estoy en un lugar en el que veo muchas cosas extrañas: maridos puteros, mujeres que parecen muy decentes y que aquí se comportan como unas guarras, sacerdotes muy santos de cara al público, pero que aquí se quitan la sotana para pecar pagando con los dineros de los cepillos de la Iglesia. Grandes magistrados que hablan de prohibir la prostitución y aquí se esconden con los putones de la más baja calidad, chicuelos que vienen a desflorarse con rameras experimentadas y jovencitas con ánimo de que las desvirguen para no pasar por la vergüenza de no haberse acostado con un macho.

» Y luego estáis unos pobres ilusos, como tú, que piensan que el acostarse con la muchacha que amáis servirá para uniros mucho más.

» No te digo que algunos consigan sus propósitos, pero lo cierto es que la mayoría terminan, una vez pasados los primeros días de pasión, por alejarse uno de otro.

» Por tu reacción, veo que sí que estabas enamorado de la rubia, pero ella… ya lo ves. Eras un pasatiempo y, en el momento que se ha encontrado a otro que le ha colmado de regalos y que a su lado se encuentra arropada, te ha dado la patada.

—Lo que me dice es la hostia.

—Pero es la puta verdad, muchacho.

—¿Qué hago, pues?

—Lo primero es no verla más.

—Eso es fácil, pero ¿cómo olvidarla?

—Si te la imaginas con cara de placer siendo acariciada por el viejo, te aseguro que te vas a cabrear muchísimo y ese es un primer paso para quitártela de la cabeza.

—De todo esto, sabe mucho.

—Las putas viejas somos muy sabias.

—Gracias por todo —decía saliendo por la puerta.

—¡Muchacho! Ahora no vayas a emborracharte para olvidar. Es mentira. Lleno de alcohol se es más propicio a sentir melancolía, tristeza y a recordar.

—¿Qué hago entonces?

—Vete al Tubo a casa de la Tuerta. Folla, paga y olvida.

La decepción

—¡Perfecto! —fue la expresión que le salió del alma a Diego, cuando vio la obra que habían realizado Juan y Martín.

—Si se pudiera quitar la cimbra, más bonita se vería, pero, teniendo que desmontar la obra para trasladarla a Juslibol, mejor es mantenerla y desmontarla en último lugar tras quitar las piedras.

—Sabed que un porcentaje alto de lo que se cobre de esta obra será para vosotros dos.

—No me parece justo —contestó Martín.

—El trabajo ha sido cosa de vosotros dos y no creo que nadie en el taller se moleste porque recibáis esa comisión.

—Todos han querido participar en esta obra y hemos sido nosotros los que nos hemos empeñado en hacerla solos. Ha sido un reto personal.

—Si hubiéramos metido mano el resto, seguro que la cagábamos —indicó Zain con una sonrisa, sin dejar de tallar una piedra de granito.

—Esta misma tarde me acerco al obispado a comunicarles que ya tienen el encargo realizado —señaló Diego.

—¿Qué es lo que quieres? —le preguntó a Diego en la portería un seglar con cara de pocos amigos.

Por la tarde era muy común que se acercaran al obispado numerosos mendigos e indigentes o bien a pedir limosna o a pedir albergue. El portero los solía despachar con cajas destempladas indicándoles que para pedir estaban la puerta de los templos y para albergue *tenían La Hermandad del Refugio y Piedad de Zaragoza.*

Ya era la segunda vez que acudía al obispado y de ambas visitas no estaba sacando muy buena impresión.

—He de ver al arzobispo.

—Querrás decir al Excelentísimo y Reverendísimo señor arzobispo —replicó enfadado de que semejante gañán no supiera darle los títulos que se precisaban.

—Perdone, no sabía cómo debía tratarle.

—¿Y quién eres tú para exigir verlo?

—Soy el administrador de Talleres Sarasa, y he de comunicarle que ya tenemos preparada la obra que nos encargó.

—Bien, ya se lo diré.

Diego desconfió desde el primer momento de un individuo tan mal educado y que, además, no tomaba nota de lo que le estaba diciendo.

—Ya te puedes marchar —le ordenó, dándole la espalda.

—Cuando en unos días vea al padre Octavio, espero me ratifique que le ha dado bien el recado al arzobispo —mintió.

184

El portero, al oír nombrar al padre perteneciente a la curia y que parecía conocer al gañán, quiso rectificar en su actitud.

—Si usted quiere, le puede avisar. Está en la casa— le dijo solícito.

—Por favor, dígale que estoy aquí en la puerta.

—Pase usted a la sala de espera. Estará más cómodo.

Se sentó y esperó. La habitación, presidida por un crucifijo, le pareció lúgubre. Adornaban las paredes una serie de cuadros que dedujo eran retratos de antiguos arzobispos. En medio de la estancia había una mesa desprovista de adornos y, pegadas a la pared, las sillas tapizadas con un gusto deplorable que aumentaban la sensación de austeridad y abandono.

Lo vio avanzar por el pasillo. Vestía con sotana y con la misma pulcritud de la vez en la que se vieron en el taller.

—Me alegro de verle —confesó el padre Octavio estrechándole la mano.

—Igualmente, padre.

—Me han dicho que han terminado la obra, de lo cual me congratulo, pero tengo una novedad que me consta que no les va a gustar.

—Usted dirá —dijo Diego receloso al ver la cara seria de su interlocutor.

Se sentaron.

—El plan era que ustedes hicieran el arco, como así ha sido, y que también se encargarían de levantarlo en el sitio convenido. O sea, el cementerio de Juslibol. —El padre se tomó un momento de respiro. No era agradable lo que tenía que comunicar—. El caso es que el padre Fausto, maestro de obras al que ya creo que conoce, suponemos que ha conspirado contra ustedes y han convencido al arzobispo de que sea él el que monte el arco.

—Pero, ¿él no está sujeto lo que el arzobispo le diga?

—Eclesiásticamente sí, pero en cuestión de obras el obispado tiene contrato con «Edificaciones Zaragoza S. A.», que realiza las que necesita. Entre sus empelados está el padre Fausto. Por lo que se deduce que fue el propio padre el que intrigó para que sea él quien levante el arco.

—¿Y no se pueden negar?

—Hay una cláusula del contrato que, por lo visto, prevé estos casos a favor de la empresa.

—Entonces el que va a levantar el arco es esa empresa… bueno, el padre Fausto, para ser exactos.

—Eso me temo.

—Y ¿cómo lo va a hacer? —dijo tras una pausa para reponerse de la noticia.

—Pasarán por sus talleres para llevarse todo el material y lo llevarán al lugar de emplazamiento para engarzarlo —declaró con un hilo de voz y bajando con vergüenza la cabeza.

—Dicho de otra forma, se llevarán un éxito que no les corresponde —comentó Diego sin mostrar enfado.

Veía el mal rato que estaba pasando su interlocutor y adivinaba que la situación le azoraba.

—No puedo de ninguna manera justificar esa actitud. He intentado convencer al arzobispo de lo contrario, pero... De todas formas, el pago se realizará como si hubieran sido ustedes los que lo monten.

—Le diré que, en este caso, importa poco esa circunstancia.

—¿Hay alguna forma de resarcirles de esta mala pasada? —manifestaba el sacerdote.

—No se preocupe. En dos días lo tendremos todo preparado para su traslado.

—Espero que me crea, cuando le digo que siento un bochorno tremendo —reteniendo la mano de Diego entre las suyas a la hora de la despedida.

—Usted, y por lo que veo el obispado, no tienen culpa de nada. Además, no somos más que unos trabajadores que hacen lo que les mandan los que pagan. Lo siento por el disgusto que se van a llevar mis empleados. Tenían verdadera ilusión por culminar la obra con el levantamiento.

—¡Hijos de puta! —fue el grito que Juan dio cuando Diego le contó la conversación.

El resto del taller, reunidos alrededor del arco, también se expresaron con parecidos insultos.

—Entiendo lo que sientes Juan, pero si vamos a ser realistas, te diré que Talleres Sarasa son un conjunto de trabajadores que no hacen más que aquello por lo que los contratan —le señaló Diego.

—Juan, ¿qué pasaba en Bozate? Estar acostumbrado, ya debías estar —le decía Martín, moviendo la cabeza.

—¡Joder! estamos en Zaragoza.

Otra vez oía Diego la alusión a ese pueblo. Cuando todo se calme, le exigirá a Juan qué, de una vez por todas, le explique cuál era el misterio que encerraba el ser de Bozate.

—Mal que nos pese, lo que hay que hacer es cumplir con el cliente —declaró serio y mostrándose como director y jefe de la empresa.

—¡Perdón! Me he enfadado sin motivo. Diego, usted tiene razón, no somos más que trabajadores a sueldo. Nada más. Prepararemos las partes del arco para que lo puedan trasladar y también haremos planos con instrucciones para que lo puedan montar sin problemas, tanto de la cimbra como del arco —expresó Juan con mansedumbre.

Si alguien se hubiese fijado con atención, hubiese descubierto cómo sus ojos estaban más húmedos de los normal.

—Mucho vamos ya tener que dibujar y explicar para que no metan la pata —sentenciaba Martín.

La profe de francés

Estaban sentados en el jardín. A lo lejos se escuchaban las piquetas cómo tallaban las rocas.

—Carlos, me tienes que contar en qué quedó lo de la profesora de francés —le preguntaba su primo Tomás.

—¿Lo de Tania? —se tomó un tiempo para seguir hablando—. Al día siguiente de contártelo, recordé lo que dijiste: que podría no ser el único que no había recibido una nota parecida. Con mucha cautela, fui dejando caer en la clase comentarios sobre lo mucho que la profesora intentaba congeniar con alguno de nosotros. ¿Recuerdas a Florencio?

—¿El que repite dos y tres años para pasar de curso?

—Sí, y por eso es mucho mayor que el resto de la clase. Cuando salimos al recreo y en un aparte me preguntó por qué había hecho esos comentarios, me dio la impresión de que podía haber recibido otro papelito como el mío y me sinceré con él.

—Me imagino que se sorprendería.

—¡Agárrate! Se enfadó muchísimo.

—¡Qué dices!

—Me cogió del pecho y me hizo prometer no hablar del caso ni hacer ningún comentario más. Me mosqueé un montón y empecé a observar tanto a él como a la profe en la clase de francés. Y entonces, ¡asómbrate!, vi cómo, con disimulo, cada vez que Tania pasaba al lado de la mesa de Florencio, le hacía una caricia en la mano simulando que le corregía lo que estaba escribiendo.

—¿Y ahí se acabó todo?

—Eso creí yo al principio.

—¿Había más?

—Tania, siempre después de clase, hace que algún alumno se quede para llamarle la atención por algo. Puede ser por su comportamiento en clase o por algo que no le haya gustado. Salimos todos y, a solas y a puerta cerrada, le suelta el rapapolvo.

» Un día me tocó a mí. Pensé que haría mención de lo de la nota, pero ni mencionarla. Yo, de todos modos, mientras me hablaba, procuré estar lo más apartado que pude de su mesa.

» No sé si te acuerdas, pero desde las ventanas del laboratorio, justo al otro lado del patio, se puede ver el interior de clase.

» Florencio era el que más se quedaba tras las clases a requerimiento de la profe. Aquello me mosqueó. Un día que se quedó, me fui al laboratorio y vi lo que vi —Se calló disimulando una sonrisa.

—¡Joder! Me estas poniendo nervioso. Continúa. ¿Qué viste? —le acució sin percatarse de que Carlos había hecho el silencio aposta, sabiendo que lo iba a poner nervioso.

—A él lo vi de pie junto a la mesa y ella sentada lo tenía cogido por el talle. Simulaban estar muy atentos a un papel sobre la mesa. Cuando se despidieron, muy rápido y muy breve, ella lo besó en la boca.

—¡Ostras! Seguro que entre ellos habrá algo más — comentó Tomás.

—Un día, después de salir de clase, estábamos todos comentado cómo nos había salido el examen que Tania nos acababa de poner. Antonio me comentaba en voz baja que había visto cómo Florencio había entregado el papel en blanco. Al día siguiente, nos dieron las notas y ¡oh!, sorpresa: tenía un siete. Lo chocante era que el papel que Antonio aseguraba haber visto que le entregaba Tania se veía lleno de escritura. Me quedé muy escamado y aquella misma tarde seguí a Florencio y vi cómo entraba en un portal que no era su casa. Adivina quién vive en el segundo piso.

—O sea, que Florencio se beneficia a Tania.

—Y, afortunadamente, a mí me deja en paz.

—Ni una palabra de todo esto —comentó Tomás al ver avanzar hacia ellos a Juana.

—¿Y eso?

—¿Olvidas que Tania también fue profesora mía?

—¡Hola, Carlos! —saludó Juana tras besar a Tomás.

—¿Qué tal por casa?

—Pues ya te puedes imaginar. Tanto mi padre como Martín llevan un enfado tremendo. Ayer se pasaron todo el día dibujando, poniendo notas, pintando algunas piedras y preparando todo para que esos *zitalas* no metan la pata.

—¿*Zitalas*?

—Sinvergüenzas —tradujo Juana.

—Mi padre dice que el problema es que no había un contrato que dejara claro que lo iban a montar ellos.

—Hace tiempo que lo de cerrar un contrato con un apretón de manos pasó a la historia —aclaraba Felipe.

—Nosotros en Bozate sabíamos lo que valía la palabra de un *perluta*.

—Pero estamos en Zaragoza y en pleno siglo veinte. Ahora todo lo que no esté escrito y bien escrito, no tiene legitimidad. Eso sí, un contrato lícito va a misa y obliga a las partes a cumplirlo —remarcó Tomás.

—El caso es que mi padre lleva un disgusto mayúsculo —expresó Juana.

—El mío no hace más que rezar por que no ocurra nada y que los encargados del levantamiento sigan las instrucciones de tu padre y de Martín al pie de la letra.

—Desde luego. Aunque sea de mala gana, se están volcando en ello. Les he echado una ojeada a los planos que están haciendo y creo que con tantas orientaciones hasta yo sería capaz de alzar el arco —señalaba Juana.

Se quedaron en silencio.

—Me voy. Tengo que preparar mis deberes para mañana —mintió Carlos, con la intención de dejar solos a la pareja.

—Sobre todo prepara el francés —dijo Tomás con una sonrisa.

Carlos estuvo a punto de contestarle con una pulla, pero sonriendo se alejó hacia la casa.

—Mi padre está muy mosqueado y no hace más que preguntarme por qué dice el tuyo que los de Bozate sois diferentes. Yo creo que no me va a quedar más remedio que contarle que sois agotes.

—A estas alturas ¿todavía no lo sabe? —preguntaba extrañada Juana.

—Yo creo que intuye algo, pero la historia real no la sabe. Creo que, de todas las maneras, tampoco le importa mucho.

—Después de tanto tiempo de convivencia con nosotros, no creo que le hagan mella todas esas viejas historias de que somos el diablo o unos apestados o que todo lo que tocamos se pudre.

—Y, aunque fuera verdad, yo no renunciaría a ti.

—¡Huy! ¡Qué cursi!

Los dos estallaron en una sonora carcajada.

El traslado

—Venimos a por el arco —señaló el padre Fausto a Diego.

A primera hora de la mañana, cuatro carros aparcaron frente al almacén. Iba al frente de la expedición el maestro de obras.

—¡Buenos días! —le contestó— ¿Con esos carros pretenden llevarse la totalidad de la obra?

—Me parecen más que suficientes —respondió sin darse por enterado del toque de urbanidad en el saludo.

—Le diré que, para empezar, me parecen muy frágiles.

—¿Me está diciendo que la carga es demasiado pesada?

—No sé la cantidad de arcos que habrá trasladado ni si es capaz de apreciar el peso de cada parte del mismo. No tengo ningún inconveniente en cargar lo que usted me diga, pero le conste que las ballestas no aguantarán ni una de las partes menos pesada.

» Otra cosa. Necesitan el doble de carretas para trasladar, de una vez, la totalidad de la obra.

—No es un arco tan grande —manifestó con altivez, sin admitir su ignorancia de lo que se estaba tratando.

—Ya le digo que haremos lo que usted decida, pero que le conste que ya le he avisado.

—¡Cargad el primer carro! —ordenó.

Diego se volvió a sus empleados, que habían asistido molestos a la conversación. Se llevó a Juan a un aparte, en primer lugar, para calmarlo y después para darle instrucciones precisas de cómo debían cargar este primer carro.

Martín se hizo cargo del cabrestante para ir depositando las distintas piedras. Juan iba seleccionando las dovelas, y el resto del personal ayudaba a colocar las cargas en las distintas plataformas para que pudiera trasladarlas la grúa.

El padre Fausto daba órdenes y contraórdenes y confundía a los acarreadores que, de todos modos, pese a todo, seguían las instrucciones de Juan.

Diego, apartado ligeramente de todo el trasiego, sonreía para sus adentros. Veía que se estaban siguiendo sus instrucciones. Quería darle al listo maestro de obras una lección que no olvidase. Juan y Martín elegían las piedras adecuadas para el escarmiento.

No llevaban más de dos cargas en el primer carro, cuando con un ruido estridente una de las ballestas se rompió. El padre Fausto se quedó inmóvil, mirando alternativamente al carro destrozado y a Diego.

—Se lo dije. Son muy endebles —le declaró Diego.

—¡Sus hombres no han cargado bien el carro! —gritó exasperado.

—Han seguido sus instrucciones —le aclaró sin levantar la voz.

—¡Y ahora! —chilló sin saber qué hacer.

—Descargaremos el carro y se lo llevan junto al resto. Como se ha demostrado, no sirven para el traslado.

—En el obispado no hay otros ni hay más.

—Pues deberán hacer como hacemos en este taller. Tendrán que alquilar carretones para el transporte de piedras pesadas, por lo menos seis, pues si lo hacen por menos cantidad deberán hacer varios viajes.

—Les pasaremos la factura de la ballesta —dijo enfadado.

—Nosotros, la de todo el personal para cargar y descargar un carro para nada. Acompañará una declaración de que ha sido por recomendación suya —replicó Diego.

Sin responder y muy enojado, montó en un carro y volvió a encabezar la caravana de vuelta. El carro averiado iba gimiendo como un animal con una pata herida.

No habían pasado más de dos horas cuando fueron a avisar a Diego.

—En el almacén hay un cura que quiere hablar con usted.

De mala gana, se dirigió a su encuentro. Se imaginaba que el padre Fausto volvía con una lista de pretensiones y demandas que deberían asumir Talleres Sarasa.

Se llevó una grata sorpresa cuando vio que el que reclamaba su presencia era el padre Octavio. Seguro que la conversación se iba desarrollar más tranquila y, sobre todo, más educada.

—Perdone que le interrumpa, pero creo que debía venir tras lo que me ha contado el padre Fausto —le saludó estrechándole la mano con afabilidad.

—No tengo nada que perdonar y no sabe lo que me alegro al verle. Siento haber estropeado los planes de traslado de esta mañana, pero los carros no eran los más adecuados. Me imagino que le habrán dicho que incluso se ha roto una suspensión al no aguantar la mitad del peso que querían cargarle. La caravana que ha venido no era, ni en cantidad ni en robustez, la necesaria para hacerlo.

—Es muy considerado al no cargar la culpa a nadie. Sé qué ha ocurrido. He hablado con uno de los carreteros y me ha contado cómo se ha desarrollado todo el episodio —confesó apenado.

—Por mí, olvidado. Lo que sí le recomiendo es que el número de carros sea, al menos, de seis y que sean resistentes.

—Soy un inculto en este tema y me pregunto: ¿tantos y tan fuertes se necesitan? Me han informado que el arco es de poca monta.

—Escuché esa misma calificación cuando el padre Fausto me dio aquello que llamó plano de lo que ustedes querían. Ya en ese momento, deduje que no sabía mucho de la construcción de arcos y esta mañana me lo ha confirmado. — Señalando el almacén en el que se hallaban desmontadas todas las piezas de la obra en cuestión le indicó— ¿Le importa acompañarme?

Cuando el padre Octavio vio todas las partes del arco en el suelo preparadas en lotes para ser transportadas, se dio cuenta de que lo que habían mandado esa mañana era una nimiedad. Tal y como le decía Diego, serían necesarias varias carretas de carga fuertes para trasladar cada sección.

—No me lo imaginaba así. Me pregunto de dónde vamos a sacar los medios para el transporte —se asombraba Octavio —. Edificaciones Zaragoza S. A. ha dejado todo en manos del padre Fausto y yo creo que la empresa se desentiende de todo este asunto. El que se encuentra comprometido es el obispado, por lo que me ha mandado para saber a qué atenernos.

—Yo le recomendaría alquilarlos donde, a menudo, lo hacemos nosotros. A dos calles hay unas cuadras que alquilan, además de las acémilas, carros de todo tipo. Si se decide, dígale a Jorge, que es el encargado, que va de nuestra parte. No le bajará el precio ni un ochavo, pero al menos no le engañará al elegir ni las carretas ni los tiros. Recuerde que los conductores han de ser de ustedes.

» Hay un punto que no debe olvidar. Nosotros cargaremos todo aquí ayudados por nuestra grúa pues, como habrá visto, hay lotes muy pesados e imposibles de subir a los carros a mano. Para descargar y luego montar el arco van a necesitar otro cabestrante. Subir las dovelas, pasada una altura, es imposible de no hacerlo con maquinaria.

—Ya veo que, para que la obra se haga con seguridad, hacen faltan más cosas de las que me habían avisado.

—Y, si eso se hace con personal no cualificado… — avisó Diego, dejando al sacerdote pensativo.

—Muchísimas gracias por todo —dijo tras unos momentos en silencio—. Si no tuviéramos suficientes carreteros, ¿podríamos contar con alguno de ustedes? —decía al tiempo de despedirse.

—Desde luego.

Más tarde, Diego se reunió con sus trabajadores para comentarles sus impresiones tras la conversación con el padre Octavio.

—Me imagino que necesitarán otros tres conductores para las carretas. Cuento con vosotros —les manifestó a Zain, Unzúe y Cizur.

—Va a ser la hostia de desagradable si viene el cura cabrón —confesaba Unzúe cabreado refiriéndose al padre Fausto.

—Calificarle de desagradable es poco —comentaba Zain.

—Solo tendréis que aguantarle durante el viaje. En el momento que descarguéis, dais cualquier excusa y os volvéis — explicó Diego.

—Como diga algo de quedarnos a echar una mano, lo mandaré a la mierda —indicó Unzúe.

—Si al final me manda que haga algo, pienso hacerlo, pero todo al revés de lo que me diga — señaló Cizur.

—Zain, llegado el caso, indícale que cobráis por horas y por adelantado y verás cómo desiste de emplearos. De todas maneras, vigílame a estos dos, que son capaces de liarla a poco que el mandamás se extralimite en lo más mínimo.

La descarga

Para alivio de todos, a la mañana siguiente, el encargado de la caravana para la carga fue un cura joven.

—¿Es usted don Diego? —dijo cortés.

—Sí. Ya veo que, tal y como hablé con el padre Octavio, va a necesitar tres carreteros más —dijo al ver a los que le acompañaban.

—Efectivamente. Necesitaba pasar por aquí para ir con todos a por las carretas.

Juan se acercó y le dio una carpeta.

—Dentro hay dos hojas que explican paso a paso cómo se han de montar tanto la cimbra como el arco.

—Se la pasaré al padre Fausto que, como maestro de obras, será el encargado de realizar la obra.

—Le aviso que, una vez que hayan descargado mis hombres, han de volver al taller. Los necesito —le advirtió Diego.

—Desde luego —afirmó muy convencido.

Zain, Unzúe y Cizur se unieron a la comitiva y partieron a las caballerizas.

—Menos mal que han mandado a este joven que si no creo que se lía desde un principio. Unzúe estaba con la escopeta cargada —comentaba Juan viéndolos partir.

—Por cierto, ¿se sabe algo de la moza con la que sale ahora? Desde hace unos días parece más tranquilo —comentaba Diego.

—El otro día me decía que han roto y que, si vuelve a salir con alguna otra, dejará las cosas claras. Que no quiere secretos —aclaraba.

—Hablando de secretos, va siendo hora de que me cuentes el enigma de ser diferente por ser de Bozate.

—¿Es posible que todavía no lo sepa? Su hijo lo ha sabido desde hace mucho.

—Alguna vez sí que le he oído que sois angotes o argotes o…

—Agotes.

—Y eso, ¿qué implica?

A la vista de que aquella mañana no había trabajo, sentados en el despacho de Diego, se dedicó a explicarle cuál había sido la vida que había llevado por pertenecer a esa etnia y cómo la historia los había maltratado y la serie de injusticias que habían cometido con ellos.

—¡El hijo de puta! —dijo Unzúe cuando vio al padre Fausto esperándoles en la puerta del cementerio.

—No te exaltes. Piensa que estamos en nombre de Talleres Sarasa y Diego no merece que le pongan colorado por montar un cirio —le expresó Zain.

—Como me diga que...

—¡Te aguantas y te callas! —le atajó.

La primera carreta se acercó a la puerta del camposanto en donde habían instalado un polipasto para descargarlas.

—¡Eso no funciona como lo haces! —el padre Fausto llamaba la atención al operario que lo manejaba, que no sabía el modo de accionarlo. Por más que intentaba subir una carga, ni se movía del suelo. Algo en el aparato no funcionaba bien.

Zain, viendo que si no se arreglaba el desaguisado iban a estar parados hasta que acudiera un técnico, se adelantó.

—¿Le importa que le eche un ojo? —dijo con sencillez.

—Y tú ¿qué sabes de esto?

—En el taller suelo manejar la grúa que tiene el mismo mecanismo.

—¡Hombre! Un listo de los Sarasa.

Sin mostrar un ápice de enojo, desmontó las cuerdas y las puso en las poleas en el orden y sitios correctos.

Fausto no perdió detalle de lo que hacía y, aunque desconocía alguna de sus manipulaciones, su orgullo le impidió preguntar. Fue él quien, al montarlo y colocar las poleas mal, hizo que el aparejo fuera inútil.

—Ya pueden descargar —dijo Zain sin darle importancia a lo que había hecho.

Como no podía ser de otra manera, viniendo de persona tan maleducada, sin reconocer su torpeza y, por supuesto, sin dar las gracias, se volvió al operario del aparejo para indicarle que empezara.

—¡Venga, que no tenemos todo el día!

Les llevó más de cuatro horas descargar las seis carretas.

—Tenéis que llevar esas maderas al interior del recinto —ordenó el sacerdote a los carreteros.

—Perdone, pero nosotros nos volvemos al taller — le indicó Zain.

—Vosotros os iréis cuando yo diga.

—Perdone, don Fausto, pero me he comprometido con el director del taller que, una vez acabada la descarga, volverían a la empresa —le señaló el cura joven guía de la caravana.

—¡Se irán cuando ya no sean necesarios! —le reprochó de malas maneras.

—La madre que lo parió —murmuró Unzúe.

—Ya me habían avisado que querría utilizarnos como peones de carga y por nosotros no habrá inconveniente, siempre que nos pague por horas y por adelantado —le avisó Zain, tal y como había quedado con Diego.

Fausto se quedó mirándolo fijamente. Se percató de que hablaba muy en serio y de que, si no accedía a lo que le pedían ellos, le ganarían la partida marchándose, cosa que su orgullo no admitía.

—Está bien. ¿Cuánto por hora? —dijo echándose mano al bolsillo.

Cuando oyó la cantidad, se escandalizó.

—¿Desde cuándo un peón de carga cobra semejante cantidad?

—Perdón, pero el tiempo que trabajemos aquí lo debemos equiparar al que haríamos como talladores, por lo que no debemos de perder ni un ochavo.

Fausto se encontró en el brete de tener que pagarles lo que decían si quería que continuasen. Sin decir ni una palabra, dio media vuelta y se desentendió de ellos.

Zain, antes de marcharse, se acercó al cura joven.

—Le recuerdo que tiene que darle la carpeta con las instrucciones del montaje del arco.

—Lo tengo presente, gracias. Siento las malas maneras que…

—No se preocupe —le interrumpió Zain—, usted no tiene ninguna culpa.

—¿Qué tal ha ido la descarga? —preguntó Diego cuando los vio en el taller.

—Si lo hubiese hecho cualquier ignorante, yo creo que lo hace mejor que ese cura inepto —le contestó Zain enfadado.

—Parecía un joven cortés.

Zain le explicó el encuentro con Fausto y entonces Diego lo entendió todo.

—No sé cómo se van a organizar. Han amontonado todo de una forma desordenada. Yo creo que hasta no saben que los bloques de madera engarzados son los que componen la cimbra —indicó Zain acalorado.

—No tiene más que seguir las instrucciones que figuran en los pliegos que han elaborado Juan y Martín —observó Diego.

—Ese *amatxoa* me parece que es tan pedante que solo piensa que lo que él hace es lo único válido —saltó Unzúe, que ya llevaba un rato conteniéndose.

—Me imagino que lo de *amatxoa* no debe de ser un piropo —señaló Diego

—Es hijo de puta —le aclaró Cizur.

—Esperemos que todo vaya bien y no tengan ninguna pega a la hora del montaje. Me imagino que, si lo tuvieran, nos avisarían —concluyó Diego.

—Lo dudo —sentenció Zain.

Hablando de todo un poco

Faltaban pocos meses para la Exposición Hispano-Francesa, que se celebraría en mayo.

A falta de muy pocos retoques de cincel para algún determinado trabajo, los talleres estaban en un momento de *impasse*. Los pedidos eran escasos. Se suponía que, tras el importante acontecimiento, Zaragoza despertaría y volverían los encargos. Era como si la ciudad estuviera expectante, esperando alerta qué iba a ocurrir. La gente hablaba de edificios y de espectáculos fabulosos que esperaban disfrutar durante unos meses. En los corrillos se especulaba que sería mejor que la de Londres, celebrada en 1851, ya que la modernidad sería su principal potencial. Los futuros clientes esperaban para ver el nuevo estilo y, si les convencía, acometer la próxima obra acomodada a la nueva moda.

Talleres Sarasa había participado en infinidad de trabajos de dicho evento y sus componentes estaban seguros de que habría alguna referencia periodística alabando su labor.

Era domingo.

—Ahora que se han llevado el arco, el almacén parece más grande —comentaba Juana a Tomás.

—¿Estará tu padre contento?

—Después de lo que le contó Zain, de cómo había sido la descarga y de quién se encarga de construirlo, no está muy tranquilo.

—Mi padre nos contó en la comida cómo es ese maestro de obras del obispado.

—Mi padre le llama *kiratxa* y *freskoa* cada vez que lo nombra.

—¿Qué es lo que le llama?

—Perdona. Le llama mala persona y chulo.

—Mi padre utiliza otras expresiones más fuertes y conste que no es muy de soltar tacos en casa.

—Martín está convencido de que va a ser un desastre y mi padre dice que, si eso ocurre, no piensa quedarse callado.

—Lo cierto es que no dejarles montar el arco ha sido una mala jugada.

—Si todo sale bien, no pasará nada, pero como ocurra lo contrario.

Los dos se quedaron en silencio un rato largo.

—¿Sabes quiénes se ven a escondidas? —le preguntaba Juana cambiando de tema.

—No lo sé, pero muy a escondidas tiene que ser porque aquí se sabe todo. ¿O no te acuerdas de nuestras primeras citas? Creíamos que nadie era consciente de lo nuestro y estábamos en boca de todos. Pero dime quiénes son esos encubiertos.

—Iker, el hijo de Martín, y mi hermana Edurne.

—Tu madre estará contenta. Sale con uno de los vuestros.

—Empieza a olvidar lo de nosotros y vosotros. Ya hace un tiempo que mi madre, junto a todos los que vinimos de Bozate, empezamos a estar convencidos de que aquí todos somos lo mismo.

—¿Qué es?

—Somos personas —sentenció.

—La boda de mi tío Luis con Olaia creo que ha roto muchas barreras.

—El que está hablando de volver al pueblo es Cizur —le anunció

—¿Y eso?

—Ha recibido una carta diciendo que su madre está muy enferma.

—Parece que las ancianas se han puesto de acuerdo. La que también está grave es la abuela de mi primo Carlos.

—Vive en Ayerbe, ¿no?

—Hace ya un mes que está ingresada en un hospital en Huesca. Mi tío Felipe ya le dijo que, si se ponía peor, le avisaría. Le recomendó no moverse pues lo principal es que termine los estudios.

—Este año acaba el bachiller ¿qué va a hacer?

—No lo tiene muy claro. Posiblemente se empleará en algo que no lo separe mucho de Nuria.

—¿¡Nuria!?

Tomás no pudo reprimirse y sonrió. Se enfrentó a Juana, que lo miraba con gesto circunspecto.

—¡Dios mío! Me hizo jurar que no se lo diría a nadie. Te pido que ni se te ocurra decirle lo que se me ha escapado —ahora el serio era él.

—¿Que me has dicho el qué? —le preguntó Juana simulando enfado.

—Hace un mes que está saliendo con una compañera de clase.

—¿Y a qué viene ocultarlo?

—Teme que llegue a oídos de mi padre y él se lo cuente al suyo. Como ya sabes, la mayor preocupación de mi tío es que termine los estudios y seguro que se opone a esa relación. Empezará a ponerle mil trabas con la excusa de que le puede distraer.

—Lo mismo opinó tu padre de lo nuestro. ¿Sabes algo de quién es Nuria?

—Según Carlos, muy guapa, buena chica, estudiante destacada y con una familia inmejorable. En fin, la definición que damos todos cuando estamos enamorados.

—¿Eso decías tú de mí?

—¡Qué va! Yo decía que eras pequeña, huraña y muy fea.

Juana le dio un suave cachete antes de que Tomás la tomara por el talle y la besara.

—Pues, hablando del rey de Roma... —comentó Tomás cuando vio avanzar hacia ellos a su primo.

—Ahora le preguntaré por Nuria —dijo Juana en voz baja y provocando que Tomás le diera un codazo.

—¡Hola, primo! ¿De dónde vienes con esa cara de asombro?

—No te lo vas a creer. Recuerdas haber leído que había carruajes que no eran tirados por animales. Acabo de ver uno. Es impresionante. Le llaman el cuadriciclo. Funciona con gasolina y ha venido desde Salamanca.

—¿Lo han traído por ferrocarril?

—En absoluto. Contaba su conductor que ha venido por sus propios medios y ¡en tres días! Y eso que pesa ciento treinta kilogramos.

—¿Cómo puede ser posible? Eso lo hace una carreta y revientan los caballos.

—Hablando de ellos, decía el automovilista que el vehículo tiene la fuerza de tres caballos y que puede ir durante horas a la velocidad de treinta kilómetros.

—Tenemos que ir a ver semejante prodigio —comentó Juana.

GRAN ÉXITO

DE LA VOITURETTE **CLÉMENT** CONSTRUIDA EXPROFESO

PARA LAS CARRETERAS DE ESPAÑA

Sube todas las cuestas

Manejo facilísimo

Fuerza tres caballos efectivos

El desastre

—Martín, nos llama Diego —le comunicaba Juan.

—Espera un poco, que termino de darle forma a esta esquina —le contestaba trabajando en una piedra.

—Deja todo. Por lo visto, es urgente y grave.

Encima de la mesa, en el despacho de Diego, el Heraldo de Aragón estaba abierto por una página central.

«Se suspende la inauguración, por parte del obispado, del arco en el cementerio de Juslibol.

En el día de ayer en el montaje de la entrada al Campo Santo se produjo un fatal accidente que le ha costado la vida a uno de los trabajadores».

El artículo seguía explicando los pormenores del percance y culpaba, sin nombrarlos expresamente, a los talleres por no haber dado las instrucciones oportunas para su montaje.

Tras la lectura, los tres se quedaron en silencio.

—¡Hay que ir a Juslibol! —remarcó Juan.

—Yo voy a ir al obispado a que me cuenten, de primera mano, qué coño ocurrió —dijo Diego muy serio.

—Antes veremos lo que ha pasado en el sitio —declaró Martín, que se apuntó a acompañar a Juan.

—Os doy de tiempo hasta esta tarde. Retraso mi viaje hasta mañana —manifestó con firmeza.

No quisieron tardar ni un solo minuto en preparar una carreta. Partieron a toda prisa, casi corriendo, hacia Juslibol. No hablaban, pero intuían que algo de lo que no eran culpables había ocurrido.

Lo primero que vieron nada más llegar fue el maremágnum de piedras y madera que llenaba el suelo de entrada al cementerio. Nadie se había preocupado de ordenar lo más mínimo los distintos materiales después del derrumbe. La cimbra totalmente rota y algunas piedras melladas daban testimonio de la violencia del accidente.

En medio de las dovelas caídas se distinguía una gran mancha negra. Era de sangre coagulada del accidentado.

Martín y Juan se quedaron a cierta distancia sin atreverse a acercarse.

—¡Menudo desastre! —dijo un viandante sorprendiendo a los dos talladores.

—¿Vio lo que ocurrió? —le preguntó Martín.

En un principio, no quería contar nada. Parecía que no le hacía mucha gracia rememorar lo ocurrido.

—Antonio, cuéntales lo mismo que me contaste a mí—le dijo otro vecino que se había acercado.

—No quiero salir en el periódico y que me señalen como un *charretas*.

—¡Nosotros no somos periodistas! —le aclaró Juan.

—Y entonces, ¿para qué quieren saber lo que ocurrió?

—Somos técnicos que tenemos que informar del accidente —mintió Martin.

—Pues eso mejor que se lo cuente el cura que dirigía la obra.

—¿Sabe cómo se llamaba?

—El nombre no, pero sí le diré que tenía mucha mala hostia.

Ellos sí que supieron de quién hablaba. Era muy interesante saber que había testigos que hubieran presenciado todo y que señalaran a semejante energúmeno como director de la obra.

—¿Se notaba que era él el que mandaba? —le preguntó Martín sin enfatizar.

—Ya le digo. No paraba de dar gritos y llamar inútiles a sus trabajadores. Les metía prisa, yo creo que sin venir a cuento.

—Entonces, ¿vio montar la obra desde el principio?

—¡Claro! En el momento en que los vecinos nos enteramos de que iban a poner un arco estuvimos mucha gente. Para todo el pueblo es una cosa nueva y, si era algo

215

que le hiciera venir al obispo, tenía su importancia. Nos gustan las noticias en las que sale nuestro pueblo. Aunque esta no es de gusto de nadie.

—¿Me dice, entonces, que hubo mucha más gente que vio el accidente?

—Don Teodoro también lo vio todo.

Que el cura hubiera sido uno de los testigos era más que interesante.

—¿Qué pasó? —Juan se decidió a preguntar, sin más dilación, al vecino que se tomó un tiempo antes de empezar a hablar. Era como si quisiera contarlo todo sin perder detalle.

—Primero montaron un andamio de madera. A mí ya me pareció que estaba torcido. Un obrero se lo hizo saber, pero el cura que dirigía le dijo: «qué cojones sabes tú de planos». Él no hacía más que mirar un papel grande en el que se veía el dibujo de un arco.

—Nuestro diseño —dijo Martín a Juan.

—Cuando terminaron con la madera, empezaron a poner piedras. Casi estaban a punto de terminar el arco, cuando se hundió de un lado y pilló al pobre chaval.

Durante toda la conversación habían estado apartados de la entrada y desde esa distancia se apreciaba cómo se había derrumbado el arco. Solo quedaban en pie el salmer de la parte izquierda y una dovela. Fue cuando Martin se fijó que entre esas primeras piedras había varios guijarros. Era muy extraño, las componentes del arco descansaban unas con otras sin necesitar ningún apoyo suplementario.

—Juan, ¿te has fijado en eso? —le llamó la atención.

Se acercaron alarmados y fue cuando Juan, señalando algo del salmer, exclamó.

—¡Hijo de puta! ¿Qué ha hecho? ¡Esto es muy grave ¡Hay que aclarar esto!

—¡La hostia! ¡Cómo no se iba a caer!

El vecino se alarmó cuando Juan, terriblemente exaltado, le conminó a estar presente en la puerta del cementerio cuando acudieran a aclarar lo del accidente so pena de irlo a buscar a su casa y llevarlo a rastras. Así también le dijo que se lo comunicara al cura y que, de no hacerlo, correría igual suerte.

Casi a la carrera, volvieron al taller, donde Diego los esperaba expectante para ver lo que le contaban.

Juan, tremendamente exaltado, empezó por relatarle lo que habían visto. Detalló un montón de pormenores que posiblemente, de no ser un experto, no los hubiera tenido en cuenta. Martín tan solo asentía de un modo firme en todo lo que Juan decía.

—Deben estar presentes periodistas, el hijo de puta del maestro de obras y, si es posible, alguien que dé fe de lo que allí verdaderamente pasó —le exigía a Diego después de contarle las razones por las cuales el arco se había derrumbado.

—Quizás con demostrar que la culpa es suya sea suficiente —señaló Diego intentando dulcificar de culpa a unos clientes.

—¡Diego, un hombre ha muerto y no estoy dispuesto a que lo carguen a nuestra cuenta! —justificó Juan.

Tenía razón. Diego se propuso ir al obispado y a un par de sitios al día siguiente.

—Te has puesto hecho una furia —le comentaba más tarde Martín —Diego no tiene ninguna culpa.

—Lo sé, pero es tan buena persona que pienso que, si no lo enfado y le empujo, se conformaría con una simple disculpa.

—Lo cierto que esto hay que aclararlo, pero me da que ya en todo esto hay algo más que quieres demostrar.

—Desde luego. Es el orgullo de ser agote.

La señal redentora

Los primeros en acudir fueron Diego, Juan y Martín.

Cuando los vecinos en Juslibol los vieron aparecer, fue el detonante para que acudieran una buena parte de todas las casas. Intuían que en aquella mañana iban a ocurrir cosas importantes. El accidente de días anteriores había sido la comidilla de todos los corrillos y parecía que habría novedades que aclarasen lo sucedido.

El vecino que había hablado en días anteriores con los talladores les hizo un gesto demostrando que había acudido. La amenaza de Juan le hizo estar muy pendiente y estar presente cuando apareciera.

—Tomás, estoy muy nerviosa. Esta noche mi padre y Martín no han parado de hablar hasta muy tarde. Yo creo que no han dormido. Cuando me he levantado, ya se habían ido y sin desayunar, según me ha dicho mi madre.

—Otro tanto ha hecho el mío. Yo creo que hoy se juegan mucho y le han dado muchas vueltas a la cabeza para justificar la ofensa que, aunque veladamente, les ha lanzado el periódico.

Los dos, cogidos de la mano, esperaban nerviosos al desarrollo de los acontecimientos.

El resto de componentes del taller permanecían en grupo y en silencio.

—Diego, déjeme hablar a mí —le rogaba Juan.

—No se preocupe. El hijo de puta del maestro de obras es el culpable y ya vamos a demostrar que Talleres Sarasa ha hecho bien las cosas —le intentaba tranquilizar Martín.

Diego asentía con la cabeza, pero muy a menudo se secaba sus manos húmedas presa de los nervios.

Los representantes del obispado se hicieron esperar. A media mañana, entró en la plaza una tartana de la cual bajaron los padres Octavio y Fausto, además de dos personas más de paisano que, por la cámara de fotografías que montaron y por las libretas que llevaban demostraban que eran periodistas.

Inmediatamente tras ellos, hizo su aparición un landó. Aparcó a una distancia prudencial. De él bajó un señor circunspecto vestido enteramente de negro que se quedó a los pies de la escalerilla del vehículo. Los visillos de las ventanas impedían ver quién era el otro ocupante. Su presencia era evidente, pues se preocupó de dejar la puerta abierta. No quería perderse nada de lo que se hablara en las inmediaciones del carruaje sin dejar de ser invisible.

Una calesa que llevaba dos pasajeros fue el último carro que aparcó en la plaza. Se notaba que en su momento el toldo debió de llevar el nombre de alguna empresa que el sol y la intemperie habían deteriorado haciéndolo ilegible.

El padre Fausto miró en dirección al landó y, a continuación, como si alguien le hubiese dado el visto bueno, se dirigió al centro de la escena con arrogancia sabiéndose el centro de todas las miradas.

—Me parece una pérdida de tiempo haber tenido que venir hasta aquí a petición vuestra —dijo señalando al grupo de Diego, Juan y Tomás— para demostrar que tanto la construcción como las instrucciones estaban mal realizadas. Sois los responsables de la muerte de un trabajador que…

—¡*Itxi ahoa*! — rugió Juan.

Sorprendido por el grito, y sin saber euskera, entendió que lo mandaba callar. Quiso revolverse contra el ordenante, pero por la forma que le miraba, optó por enmudecer. Los ojos de Juan echaban chispas y el sacerdote supo que le faltaba poco para agredirle.

Pasaron unos momentos de silencio denso y tenso. Ninguna de los presentes se atrevía a moverse para no hacer el mínimo ruido que rompiera aquella tensión que se palpaba en el ambiente.

—¿Usted es el que ha dirigido todos los trabajos? — le preguntó Juan a Fausto.

—Sí. Siguiendo sus…

—¡Solo he preguntado si usted es el responsable de la construcción del arco! —le cortó de nuevo.

El sacerdote, sin abrir la boca, asintió con la cabeza.

—Talleres Sarasa le dio dos pliegos de instrucciones para su montaje. ¿Siguió sus instrucciones? —le preguntó con firmeza.

De una carpeta que llevaba el sacerdote, sacó un documento y se lo mostró.

—Se le dieron dos pliegos —le recordó Juan.

—No necesitábamos más que uno. El otro lo dejamos para archivo en el obispado —dijo ya sin la jactancia de la que normalmente hacía gala.

—¡Aquí está el otro! — dijo el padre Octavio sacándolo de un portafolios.

—Son los dos iguales, ¿para qué necesitábamos tener ambos? —dijo Fausto recuperando ligeramente su tono de fanfarrón.

—¿Sabe leer? —la pregunta de Juan le cogió por sorpresa.

—¿A qué viene esa pregunta tan impertinente?

—Pues si usted me asegura que lo sabe hacer le diré que empiezo a pensar que tiene unas entendederas propias de un loco.

—¡No le admito que me…!

—¡Cállate y escucha! —le volvió a interrumpir esta vez tuteándole.

Todos estaban admirados de que aquel simple trabajador le hiciera bajar los humos a tamaño engreído.

—¿Me puede decir qué número encabeza el pliego que usted tiene? —le preguntó Juan al padre Octavio.

—Aparece un uno —dijo desplegándolo.

—El que tú tienes lleva un dos —era una aseveración dirigida a Fausto, que asintió con la cabeza.

—De momento, ya queda demostrado que los dos papeles no son iguales —dijo mirando fijamente a Fausto.

—Eso no significa que no pongan lo mismo, pues…

—¡Cállate! ¡Habla cuando te lo diga! — le replicó Juan con firmeza.

Con parsimonia, intentando contener la furia que le invadía, se dirigió a lo que había quedado en pie después del derrumbe del arco. Respiró hondo antes de hablar.

—Colocaste estos cantos entre el salmer y la primera dovela. ¿Por qué? —dijo señalando los guijarros.

—El arco estaba desequilibrado.

—¿Es el primer arco que montas? —antes de que contestara añadió— No hace falta que me contestes. Las atrocidades que has cometido lo demuestran.

—¡Seguí las instrucciones que me disteis!

—Padre Octavio, ¿quiere leer lo que hay debajo del número uno de su plano? —le pidió Juan.

Abrió el plano de nuevo y leyó para sí lo que le pedía. Antes de contestar en voz alta, se vio cómo la expresión de su cara se contraía.

—Vista exterior —dijo con un hilo de voz.

—¿Le importaría repetirlo más fuerte para que todo el mundo lo escuche? —le volvió a pedir.

Cuando lo hizo, un murmullo se extendió entre los presentes.

—Lee lo que pone debajo del número dos de tu legajo —le ordenó a Fausto.

Cuando dijo que ponía parte posterior, empezó a darse cuenta de que algo andaba mal en sus argumentos.

—No demuestra nada. Un arco es igual por una parte que por otra —aseguraba, intentando justificar su trabajo.

—¿Sabes cuál es la primera previsión que hay que tomar para levantar un arco? —al ver la cara que ponía le espetó en pleno rostro— ¡Ni puta idea! Has de tener nivelado el suelo antes de empezar a levantar.

—El arco había que apoyarlo sobre tapia y no sobre el suelo —decía intentándose justificar.

—¿Y no viste que una parte de la puerta estaba unos veinte centímetros más baja que la otra?

—Eso no lo ponía en las instrucciones.

Fue cuando Juan estalló.

—¡Construiste la parte delantera con el plano de la parte trasera, inútil!

—Las dos partes son iguales.

Juan tomó aliento intentándose serenar. Lo que ahora procedía tenía que ser la parte esencial de la demostración de que Talleres Sarasa no eran responsables de la muerte de un trabajador.

—¿Sabes qué es esto? —le indicaba Juan señalando unas pequeñas hendiduras en el salmer que había quedado en pie.

Fausto se encogió de hombros

—Una pentalfa, un pentáculo, como decís vosotros, que marca una piedra fundamental en la construcción de algo. Señala que ese salmer o primera dovela, es muy significativo. Y en este caso, es de vital importancia. —Se tomó un momento de respiro para gritar: —¡Tiene veinte centímetros menos que el otro!

El público empezó a adivinar qué es lo que había pasado.

—Padre Octavio, ¿en su plano figura alguno de los dos salmeres marcados con una pentalfa?

Tras consultarlo, negó con la cabeza.

—Mira en qué lugar está la señal que has ignorado —le preguntó a Fausto.

—A la izquierda.

—Las pentalfas se colocan en lugares que una vez levantada la obra no sean visibles. En este caso quedaría en la parte interior o posterior, pero en la parte izquierda ¡Mirando el arco desde el interior! —lo último lo dijo gritando, casi haciéndose daño en las cuerdas vocales.

Fausto empezaba a darse cuenta de su torpeza a la hora de interpretar los planos. Juan volvió a respirar profundamente para tranquilizarse.

—Como construiste lo del interior del arco en la parte de afuera, conseguiste hacer más baja todavía la parte izquierda del arco, al colocar en ese lugar el salmer menor y, por el contrario, levantaste mucho más la parte derecha. Ahora explícame, ¿cómo no se iba a caer un arco totalmente desequilibrado? Las instrucciones, de haberlas seguido correctamente, corregían la altura de las dos partes de la tapia. La muerte del trabajador no es culpa de Talleres Sarasa.

Fausto no quería dar su brazo a torcer.

—Tenía que estar más claro. El que hubiese dos planos me despistó —decía con gesto abrumado

No acababa de decir eso, cuando se oyó cómo se cerraba con fuerza la puerta del landó, y el cochero azuzaba a las cabellerizas partiendo de Juslibol. El misterioso y oculto ocupante del carruaje no quiso escuchar más. Seguro que ya se había hecho cargo de lo que había ocurrido para que se produjera el accidente.

De igual modo, la calesa del toldo partió con los dos pasajeros que habían permanecido sentados durante todo el suceso.

A Fausto se le hizo muy largo el recorrido hasta la tartana. Los vecinos que habían presenciado la escena lo miraban con odio.

En el vehículo nadie hablaba.

—La pentalfa, una maldita pentalfa —le oyeron murmurar sin parar a Fausto durante el recorrido hasta el obispado.

—Juan, ¿qué te pasa? —le decía Diego cogiéndolo por las axilas y evitando que se derrumbara.

Después de la tensión que había sufrido durante todo el acto, ahora los nervios le abandonaban jugándole una mala pasada.

Una vecina le llevó un vaso de agua y, tras un rato sentado, se recuperó. Todos los presentes se apresuraron a felicitarle por lo bien que había demostrado la inocencia de los Talleres, aunque también hubo quien se regocijó mucho más por el revolcón que había sufrido el cura arrogante.

En el carromato de vuelta a los talleres todos los viajeros se alegraban de cómo se había resuelto el tema. Miraban a Juan con una mezcla de admiración y gratitud. Diego le dio las gracias un millar de veces y él correspondió con una sonrisa.

—Tu padre es cojonudo —le decía Tomás a Juana.

—No lo he dudado nunca.

Habrá que esperar

Durante los dos días posteriores al espectáculo de Juslibol, Diego escudriñó en los periódicos hasta los más pequeños artículos buscando una reseña de lo ocurrido. El resto del personal del taller lo interrogaba cada mañana esperando que les comunicara que había habido una disculpa por parte del obispado eximiéndolos de toda culpa en el accidente del arco.

Pasaron tres días y no aguantó más. Se presentó en el obispado esperando que alguien le diera una explicación a ese mutismo. Pidió hablar con el padre Octavio. Lo tuvieron esperando dos horas para, al fin, comunicarle que no era posible recibirle, ya que todos los implicados se hallaban fuera de Zaragoza. Sospechando que no eran más que excusas para no enfrentarse a él y, como último recurso, solicitó hablar con el padre Fausto. Pensó que era lo suficiente petulante como para no tratar de esconderse y obviar un último enfrentamiento. Le comunicaron que, por orden expresa del arzobispo, había sido trasladado con urgencia fuera de la plaza.

Por último, acudió al periódico. Razonaba que los dos periodistas que estuvieron presentes en el acto tendrían suficiente información para dar fe de lo que allí se dijo. Fue recibido por el jefe de redacción, que le comunicó que habían recibido la orden de no publicar nada de todo lo que allí había ocurrido y se había dicho.

—¿La orden de quién? —preguntó malhumorado Diego.

—Solo le puedo decir que todo está sujeto a secreto sumarial.

Diego se quedó estupefacto. La abogacía había tomado cartas en el asunto. Alguien había denunciado el hecho y, como había un muerto de por medio, el asunto era grave.

Volvió a los talleres confuso y decepcionado. Comunicó a sus empleados, las inútiles pesquisas que había realizado para que se redactara un artículo o, al menos, una nota de prensa en la que les exculpara de las insinuantes palabras de culpabilidad que en días anteriores habían salido en el periódico.

—Diego, una persona ha dejado una carta para entregársela en mano —le comunicó Unzúe

—¿Sabes quién?

—Por la forma de expresarse y otros detalles, yo diría que era del obispado.

Diego la abrió nervioso. La tuvo que leer dos veces para enterarse bien de todo.

—Es del padre Octavio —empezó diciendo al personal que esperaba expectante—. Me comunica que el obispo quería publicar una nota de prensa explicando y exculpándonos de la muerte del trabajador, pues las razones que se dieron en Juslibol fueron taxativas y concluyentes en culpar al auténtico responsable de la muerte, pero que sus abogados lo desautorizaron al estar el caso sub judice y no poder, y menos públicamente, dar ninguna opinión sobre el caso. Que esta carta nos sirva como desagravio y, por supuesto, que no la hagamos pública. También me dice que la resolución del caso irá para largo. Que la empresa en la que estaba contratado el padre Fausto dilatará todo lo que pueda el juicio para salir totalmente blanqueada.

» Hay una nota particular en la que me pide perdón por no acudir a mi llamada en el obispado. Quería verme, pero uno de los abogados le ha avisado de que no puede haber comunicación entre partes implicadas.

—¡Joder! Pues sí que se ha montado una buena —dijo Juan una vez terminada la lectura.

—Lo que más me gusta es que ya le van a retorcer los cojones a ese maldito cura —sentenciaba Unzúe refiriéndose al padre Fausto.

—Pero al cabrón lo han mandado fuera de Zaragoza. ¿A ver si se esconde y se escapa? —temía Zain.

Fue Juan el que dio con el comentario más acertado:

—Los tentáculos del poder son muy fuertes y llegan a todos los rincones.

2 de mayo de 1908

Un día posterior a la inauguración de la Exposición Hispano Francesa.

—Me ha contado Carlos que ayer no pudieron ver nada. Tuvieron que estar muy lejos de la presidencia. Además, tampoco se enteró de lo que decían, pues los altavoces no funcionaban bien —le contaba Tomás a Juana

—Por lo que cuentas, fue con Nuria. Y siendo ella familia del alcalde, ¿no tenían una invitación para estar en un sitio preferente?

—Sí, pero eran nominales. Como es natural, quiso estar con mi primo y no asistir sola en primera fila.

—Por cierto, a ver cuándo nos la presenta —dijo Juana con retintín.

—Dale tiempo.

Juana sabía por propia experiencia lo que era dar el primer paso y confesar en público los sentimientos hacia otra persona.

—Las palomas que vimos pasar por encima del taller las soltaron en la inauguración ¿no? —dijo cambiando de tema.

—Trescientas, todas mensajeras. Después de dar varias vueltas por encima de todos, se orientaron y salieron disparadas en dirección Barcelona.

—Leí que vendría el rey.

—Pues, al final, ha venido un representante, el infante don Carlos, por lo que he leído esta mañana. Por cierto, que mi padre cuando ha visto la fotografía que publica el Heraldo y ha reconocido al arzobispo ha soltado un juramento. «En menudo *zancocho* nos has metido con lo de levantar un arco en Juslibol»

—¿En qué ha quedado? ¿Lo han levantado después de todo?

—Pues creo que no. Lo que han hecho bien ha sido pagarlo.

Juana asintió con la cabeza. Recordaba cómo su padre, al ofrecerle la bonificación junto a Martín, que les había prometido Diego por construir en solitario el arco, no quiso aceptarla. Justificaba el hecho de que no se podía saber si su trabajo era satisfactorio. Diego les convenció al recordarles el tiempo que dicha obra estuvo expuesta en el almacén y que fue admirada por todos.

Juana recordaba la gran cena que prepararon en su casa junto a la familia de Martín a la que se invitó a todos los componentes del taller. Pese a todo lo ocurrido en Juslibol, fue una fiesta memorable, en la que se coreó a Talleres Sarasa y al padre Fausto. Con diferentes epítetos.

—Tenemos que ir a la Expo a ver todo lo que se ha construido y, sobre todo, curiosear en todo lo que hayan traído los franceses —indicaba Juana.

—Hasta diciembre tenemos tiempo. Me imagino que estos primeros días estará todo a tope.

Vieron a Unzúe acercarse con gesto turbado.

—¿Qué te pasa? Parece que hubieras pisado una mierda —le dijo sonriendo Tomás.

—Mejor sería eso —dijo muy serio.

—¿Qué ha pasado? —preguntó Juana.

—Estaba viendo lo de los muertos —empezó contando.

—El edificio del Depósito de Cadáveres —le aclaró Tomás.

—¡Ese! Estaba mirando la base de piedra que hicimos en nuestros talleres, cuando a mi lado se pusieron dos señores. Uno de ellos comentó lo bien perfilados y tallados que estaban los bloques. Me sentí muy orgulloso y hasta estuve a punto de confesarles que yo era uno de los artesanos de la obra. Menos mal que me callé. El otro, moviendo la cabeza, le contestó que quizás éramos muy buenos haciendo piedras para esos usos, pero que había escuchado que para otros menesteres como para hacer arcos somos unos chapuceros. Estuve a punto de sacudirle —remató enfadado.

—¡Dios mío! De alguna forma se ha propagado lo del accidente y nos está haciendo mucho daño. Me pregunto si será bueno que lo sepa mi padre —manifestó Tomás.

—Pues, si se entera el mío, no sé cómo va a reaccionar.

—¿Qué hago? —preguntó Unzúe confuso.

—No digas nada a nadie. No podemos hacer nada por acallar esos rumores y, si se lo decimos a nuestra gente, no va a servir más que para enfadarlos y preocuparlos. Veremos cómo se desarrollan los acontecimientos. Si se llegan a enterar, que no sea por culpa nuestra. Esperemos que el tiempo haga olvidar el incidente de Juslibol —indicó Tomás.

—Me va costar disimular.

—Te ruego que no digas nada —le pidió Tomás.

—Te juro que lo intentaré.

—Gracias.

Permanecieron en silencio unos momentos hasta que Juana preguntó a Unzúe.

—¿Sabes algo de Cizur?

—A los dos días de llegar a Bozate murió su madre. Yo creo que ya no vuelve, que se quedará cuidando a su padre.

—Lo siento, me caía bien —recordaba Juana.

—Lo traté muy poco, pero siempre lo he tenido como una persona muy seria —comentó Tomás.

—Su seriedad le viene de lejos. Ya de críos lo que le había pasado a su familia le hacía ser muy retraído. Incluso, cuando de críos íbamos a clase de chistu, él se refugiaba en casa y lo único que hacía era practicar con su padre en la talla de piedras.

—¿Se puede saber qué es lo que le pasó a su familia? —preguntaba curioso Tomás

—Ahora que ya no está, no creo que le importe que se sepa —decía Juana

—¿Tú lo sabes? —preguntó sorprendido Tomás.

—Creo que todo Bozate sabe su historia —confesó ante el ceño de su novio, molesto por no habérselo contado.

—El abuelo de Cizur era un afamado tallador que recorrió el camino de Santiago trabajando en multitud de obras, como demuestran la infinidad de piedras que llevaban su signo —empezó a contar Unzúe.

—¿Como la pentalfa? —apuntó Tomás.

—Sí, pero él había hecho una suya. Era una que simulaba los dos cuernos de un uro.

—¿Un uro? —preguntó Tomás extrañado—. ¿No era el antecesor del toro actual de cuernos muy grandes?

—Exacto. No recuerdo en qué población era en la que trabajaba, cuando un prelado que vio su señal y lo acusó de marcar las piedras con la señal del diablo invocando al maligno. Lo denunció a la Inquisición, que en un principio pareció no concederle mucha importancia, pero cuando indagó y descubrió que era agote, dio por buena la acusación de ser cómplice del diablo y lo condenó a la hoguera. No contentos con eso, durante un tiempo estuvieron vigilando a la familia, por ver, como decían ellos, si los había contagiado y tenían tratos con satanás.

» Esa circunstancia caló tan hondo en Bozate que incluso hizo que muchos vecinos se apartaran de la familia por miedo de que fueran acusados de comunión de ideas con ellos.

» Aunque el paso del tiempo diluyó en gran parte aquella animadversión, quedaban resquemores que Cizur heredó.

—¿Aún se pueden ver las señales del uro en alguna parte? —preguntó Tomás.

—Muchas de ellas se adivinan, pero la mayoría, debido a la superstición, han sido enmascaradas o simplemente borradas.

—Me pregunto que, de no ser agote, ¿lo hubieran quemado?

—Me imagino la comunicación recibida por la Inquisición, desde Bozate, llena de todas las falsedades, acusaciones y herejías de las que la Iglesia nos acusaba. Estas no ayudaron a salvarle, más bien al contrario.

—Tiempos muy oscuros y muy duros —sentenciaba Tomás.

—No te equivoques. Nosotros hemos sufrido algunos de esos ultrajes.

—Me parece mentira que ese tipo de incultura e ignorancia todavía persistan —declaró Tomás apretando fuerte la mano a Juana.

Comparecencias

Conforme iba avanzando el juicio para esclarecer la culpabilidad de la muerte del trabajador en el cementerio de Juslibol, fueron llamados a declarar personal de los talleres.

La empresa a la que pertenecía el padre Fausto trataba de involucrar a Talleres Sarasa para evitar la culpabilidad de su defendido y su propia responsabilidad.

El primero en ser llamado fue Diego, que se limitó a declarar que le habían encargado un trabajo, con la premisa verbal de proyectar el arco y ser levantado por los talleres. Quedó claro que la decisión de que fuera la empresa, y en su nombre el padre Fausto, la que en última instancia levantaría el arco, fue posterior.

Llamaron a Juan Eustorigorri, ya que se declaró que había sido él uno de los principales artífices de la construcción del arco. En la misma comparecencia también estuvo presente Martín Urtaiz como coautor de dicha obra.

El abogado de la empresa trató de engañar al tribunal indicando que el padre Fausto solo dispuso de un plano de la construcción, por lo que le llevó a interpretar mal las indicaciones de cómo realizarla, por lo que el accidente se debía atribuir a aquellos que no le habían proporcionado los datos suficientes.

El tribunal tuvo que llamar la atención a Juan, cuando saltó de su asiento llamando mentiroso al letrado y tratando de acercarse para agredirle. Al final, le pidieron que saliera de la sala para evitar otro brote de furor.

Fuera, Diego trataba de calmarle y evitar que levantara la voz, quejándose de que todos los que se dedicaban a la Justicia eran iguales en todas partes. No podía olvidar las inmoralidades que había sufrido en Bozate.

Cuando le dijeron que había sido el padre Octavio el que había desmentido esa noticia y que el tribunal había tomado nota y recusado esa inculpación, se serenó. Le pidió perdón a Diego por ser tan apasionado. Le dijo que su rabia no era tanto por lo que a él le atañía, sino porque a Talleres Sarasa le culparan de hacer las cosas mal. Hacía mucho tiempo que los consideraba como algo propio.

Cuando en el juicio la empresa trató de excusarse de nuevo diciendo que los materiales eran de mala calidad, fue Martín en su declaración quien dejó al abogado en evidencia demostrándole en varias ocasiones el desconocimiento total que tenía de carpintería.

El propio tribunal sonrió cuando Martín le dijo al técnico de la empresa que, como bien sabía, la madera que se utilizaba para hacer una cimbra era de chopo. Cundo dijo que sí, con gesto de ser muy enterado en la materia, fue cuando Martín le llamó mentiroso al corregirle y decirle que, si lo hacía con ese material, se partiría a poco que le cargasen un par de dovelas. Pasó a enumerarle las distintas maderas que se utilizaron para hacer el cabezal, el husillo, el montante, el travesaño, en fin, una serie datos que demostraban que, si alguien no sabía de calidad de materiales, eran los que se la daban de técnicos.

Pese a que parecía que la culpabilidad del accidente era totalmente de la empresa que dejó encargado al padre Fausto de realizarla, los abogados supieron cómo darle motivos al tribunal para alargar el juicio e intentar distraer y minimizar su error. También esperaban que, al estar involucrado un sacerdote, la Iglesia trataría de quitarle hierro al caso.

Acudieron a la prensa para influir en la opinión pública, pero en ambos casos se encontraron con serias dificultades para que fueran satisfechas sus aspiraciones.

En el caso del obispado se encontraron con la rectitud del padre Octavio, al que siempre le llevó la equidad en sus declaraciones, ya que no relató más que la verdad. El periódico les aseguró que solo se limitarían a sacar pequeños artículos en noticias sociales que dieran a conocer el desarrollo del juicio, sin emitir opinión ninguna.

A Talleres Sarasa llegó la noticia de en qué día iba a declarar el padre Fausto. Uno de lo que estaba decidido a ir fue Juan, y a Diego le costó dios y ayuda quitarle la idea de la cabeza. Si en días anteriores había montado la que montó, ¿qué podía pasar el día que oyese a su "mejor enemigo"? pensó.

Rencor

Cuatro meses más tarde del desgraciado accidente del arco, Talleres Sarasa no había recibido ni un solo encargo. Diego intentaba justificar la sequía de trabajo argumentando que era por la resaca de todo el que hubo de hacerse para la Exposición Internacional. Intentaba engañarse a sí mismo con dicho razonamiento obviando otros detalles. Uno muy importante eran las pequeñas reseñas que se filtraban a la prensa sobre cómo se iba desarrollando el juicio por la muerte de un trabajador. Muchas veces salía a relucir el nombre de los talleres que, sin acusarles, sí indicaban que estaban implicados en el caso.

—¿Has leído el periódico de hoy? —le preguntaba Juan a Diego entrando en el despacho con el Heraldo abierto por una página.

Tras lo ocurrido en Juslibol, la amistad de los dos se hizo más estrecha. El tallador, después de muchas insinuaciones, terminó por tutear a su jefe.

—Es lo que nos faltaba —sentenció Diego.

El titular del artículo rezaba:

¿Agotes en Zaragoza?

No era muy extenso. En primer lugar, indicaba su procedencia y explicaba de todo lo que se le culpaba a la comunidad dejando en el aire que tan solo fueran leyendas de pueblos incultos y primitivos. Hablaba de sus buenas dotes, sobre todo en el tallado de piedras, por lo que él sospechaba de que, en alguna de las obras para la

243

exposición, podía haber participado manos artesanas de dichos individuos. No decía ningún nombre concreto, pero daba suficientes datos para imaginar en qué talleres podían trabajar los nominados.

—¡Es un hijo de puta! —exclamó Tomás, entrando, al ver a los dos con el periódico.

—¿Lo conoces? — preguntó a su hijo

—¿Recuerdas al profesor que hace años invité por santa Leticia?

—¿Del que eras su pasante de historia en el instituto?

—Pues es el que firma el artículo. Ya durante la celebración puso mucho interés en entablar conversación con alguno de vosotros cuando se enteró que proveníais del valle del Baztán —dijo señalando a Juan—. No le di importancia, pues para un historiador es una zona que suscita curiosidad.

—¿Y lo de los agotes? —preguntó Juan.

—Estuvo mucho tiempo hablando en vasco con Cizur, pero me resulta extraño que él le hiciera alguna confidencia. Solo me cabe que tuviera algún desliz a lo largo de la conversación y que algo le hiciera sospechar de vuestra procedencia.

—Yo tampoco sospecho de Cizur. Tenía mucho cuidado de ocultar nuestro pasado. También es verdad que pudo, como tú dices, sin querer, darle alguna pista —señaló Juan

—Me viene a la memoria que, en que días posteriores a la fiesta, mi profesor me hizo un comentario al que en su momento no le di importancia. Comentó la cantidad de rubios y con ojos azules que había en los talleres. No es tonto y, a poco que haya buceado en la historia, habrá deducido el resto —remarcó Tomás.

—¿Y a qué viene que precisamente ahora escriba un artículo como este? —comentaba Diego con amargura.

—Posiblemente sea una venganza —declaró Tomás.

—Acláremelo.

—Me enteré, no recuerdo en qué circunstancias, que quería volver a trabajar en el instituto. Cuando él dejó la vacante de profesor, ya sabéis que la ocupé yo. Ahora había rumores de que no se llevaba muy bien con sus actuales compañeros, por lo que intentaba volver a ocupar mi puesto. Para hacer lo que él pretendía, el director me dijo que yo tenía que renunciar primero a mi vacante, ya que había obtenido ese puesto superando las pruebas y cumpliendo con la legalidad vigente.

» Una mañana me avisaron que me llamaba el jefe de estudios a su despacho y me alarmé. Pensé que me iba a pedir que renunciase a mi puesto. ¡Cuál sería mi sorpresa cuando me rogó que hiciera todo lo contrario! Entonces me enteré de que en el tiempo que él ejerció en el instituto ya hubo mal ambiente, tanto entre los compañeros profesores como con la dirección.

» El rector me comunicó que me opusiera firmemente a lo que me proponía, pues no quería en absoluto volver a los malos modos de hacía unos años. Se deshizo en elogios hacia mi trabajo y me obsequió con un montón de lisonjas que no vienen al caso.

» Cuando, por fin, el susodicho profesor vino a hablarme, adujo que él tenía más experiencia y que le debía, como mi profesor, la deferencia de cederle el puesto. Cuando me negué, por supuesto sin decirle los motivos que me había contado el director, se puso hecho una fiera. Me insultó, me ofendió llamándome hijo de picapedrero y me amenazó con sacar a la luz algo que él sabía que me iba a hacer mucho daño.

» En ese momento no sospeché nada. Ahora ya sé de qué se trataba su amenaza.

—Verdaderamente huele a venganza —afirmó Juan.

Entró Unzúe con el periódico abierto por la página en cuestión.

—Ya veo que han leído lo que dice este *amaxoa* — manifestó, sin que nadie necesitara de traducción —¿alguien sabe quién es?

Tomás le contó lo de su profesor.

—Una de las jovencitas que invitó Carlos a la fiesta me dijo que lo conocía. De vez en cuando, nos vemos por Zaragoza. Ya hablaré con ella.

—¡Unzúe! A ver qué haces, no tengamos más problemas de los que tenemos —exclamó Diego, que temía cualquier reacción del impetuoso joven.

—No tema. Lo que tenga que hacer nunca comprometerá ni a usted ni a Talleres Sarasa — y sin decir nada más salió del despacho.

—¡Uf! ¡Qué miedo me da este muchacho! —manifestó Diego.

—Lo que sí es verdad es lo que te ha dicho. Haga lo que haga jamás te pondrá en un compromiso. Te tiene mucho respeto y también por la empresa, que le ha sacado de la situación tan precaria en la que se encontraba —dijo Juan.

—Hablando de precariedad. Juan, esto se acaba. Por si algo faltaba a la ausencia de encargos, este artículo puede ser la puntilla.

—Algo de lo que dices debe de ser verdad —le comentó Tomás a su padre—. Otros talleres de Zaragoza reciben tareas, aunque pocas, de los que antes eran los primeros en ofrecérnoslas.

—Tendremos que hacer una reunión para tomar una drástica decisión. No podemos estar gastándonos los ahorros, sobreviviendo y esperando que esto se arregle —confesó Diego apesadumbrado.

—Lo que decidas todos lo asumiremos —confesó Juan.

—Tengo una gran preocupación. Si los talleres se van al garete, ¿qué va a ser de vosotros?

—No sé en qué nos meteremos, pero en lo que sea, antes de volver a Bozate.

Un viaje sospechoso

Cuando los policías se identificaron, Diego se asustó muchísimo. Pensó que venían del juzgado a detenerlo.

—Pues ustedes dirán —dijo puesto en pie en su despacho.

—Veníamos a ver a su hijo Tomás. ¿Está en casa?

—A estas horas estará dando clase. ¿Me podrían informar para qué quieren verlo? —preguntó temiendo que hubiera hecho algo delictivo.

Los dos hombres vestidos de negro dialogaron entre ellos y, tras unos segundos que a Diego le parecieron horas, se decidieron a preguntar.

—¿Podría decirnos en donde estuvo su hijo de las veinte a las veintidós de anoche?

—A esas horas da clase nocturna a personas mayores en el instituto. Unas doce personas pueden atestiguarlo.

Los dos policías volvieron a intercambiar unas palabras en un aparte.

—Lo comprobaremos y, si es como usted dice, no hay de qué preocuparse. Andamos buscando al que agredió a una persona la otra noche. Está en el hospital y no ha podido recuperar el sentido.

—Y mi hijo ¿qué tiene que ver con eso?

—El agredido es un profesor. Fue atacado entre las horas que, según nos ha dicho, su hijo estaba trabajando. En la agenda que llevaba en el bolsillo el agredido hemos encontrado un nombre y esta dirección rodeada de un trazo nervioso y grueso de tinta roja que hace sospechar que haya alguna animadversión entre ambos. Hemos querido descartar la posibilidad de que su hijo fuera el agresor.

—Pues ya ven que es imposible —les aclaró más tranquilo.

Cuando se fueron, Diego se sentó en su sillón y respiró profundamente. Esperó a que acudiese Juan, con el que había quedado para hablar del devenir de los talleres.

—¡Hola, Diego! ¿Quiénes eran los dos malcarados con los que me he cruzado? —preguntó nada más entrar.

Diego le contó el porqué de la presencia de los policías.

—Pues menos mal que Tomás tiene a doce testigos que lo exculpan.

—Esta historia no hace más que ensombrecer nuestro futuro.

—No entiendo por qué.

—Seguro que en el periódico la agresión saldrá en la columna de sucesos. Hasta hoy el profesor era un desconocido, pero a partir de la noticia, habrá muchos lectores que lo reconocerán como el autor del artículo sobre los agotes y sacarán sus propias conclusiones.

—¿No te parece que estás imaginando demasiado?

—El trabajo de las piedras ha bajado hasta casi llegar a cero. ¿Qué piensas que pueden hacer el resto de talleres? Hablarán de nosotros como de personas de poco fiar.

—Las pesquisas de la policía nos eximirán de toda culpa —afirmaba Juan convencido.

—Eso espero —dijo con un gesto de duda.

—No te veo muy convencido.

Se tomó unos segundos antes de contestar.

—A primera hora de esta mañana ha venido Unzúe a verme. Me ha contado una historia de que tenía que ir a Bozate para solucionar algo muy urgente. Cuando le he preguntado por qué tenía tan mal aspecto, me ha dicho que era porque había dormido muy mal. Como no hay trabajo, no he tenido inconveniente en que se fuera.

—¿Y qué le ves tú de malo en eso?

—Hay dos cosas que me mosquean. Una son las prisas y la otra es que llevaba los guantes puestos.

—Todos los días nos los ponemos. No lo entiendo.

—Llevas los guantes cuando vas a trabajar o vas con ellos puestos por los talleres, pero ahora estamos en paro.

—¿Qué insinúas?

—Que igual llevaba los nudillos despellejados y no quería que se los viese.

—O sea, que supones que Unzúe ha sido el que esta noche le ha sacudido al profe.

—No sé qué pensar.

251

—Tenemos que interrogar a todos los trabajadores. ¿Están todos en los talleres? —le preguntaron a Diego a la mañana siguiente los dos policías.

—Están todos menos uno que tuvo que irse de viaje por motivos familiares urgentes.

—Y eso, ¿cuándo fue?

Diego se lo pensó unos momentos, simulando que intentaba recordar cuándo se fue.

—Hace tres días—mintió con firmeza.

Los policías se miraron y negaron con la cabeza. No era necesario interrogarle.

—Quisiera saber por qué estamos bajo sospecha —preguntó Diego con afabilidad.

Los dos policías hicieron un aparte y discutieron. Cuando se decidieron, uno de ellos, el que parecía llevar la voz cantante, le mostró un papel a Diego.

—¿Sabe qué significa este signo?

Cuando lo vio, se le aflojaron las piernas sin que fuera perceptible y a punto estuvo de caer.

—Es un signo que utilizamos en cantería —dijo con voz firme.

—¿Significa algo?

—En absoluto. Muchos talladores lo utilizan para mostrar alguna piedra importante o que son ellos la que la han trabajado.

—¿Es personal?

—¿Quiere decir si es exclusiva de un cantero? En absoluto, la pentalfa se utiliza muy a menudo por cualquier cincelador.

—O sea, que cualquier picapedrero puede utilizarla —afirmó el policía.

—O cualquier persona que no sea necesariamente tallador. Muchos de los alumnos de mi hijo la utilizan, por la facilidad con que se realiza con un solo trazo y porque les resulta atractiva. La pentalfa o pentáculo hay gente que la utiliza como signo mágico para bien o para mal.

Los policías volvieron a murmurar entre ellos. Parecía que no estaban de acuerdo con algo.

—Perdonen, ¿me podían explicar su curiosidad por la pentalfa? —preguntó Diego.

—Al profesor agredido le han tatuado con algo puntiagudo, una pen… de lo que usted dice, en la frente.

—¿Y el profesor no puede identificar a su agresor? —preguntó Diego de nuevo.

—El asaltante llevaba puesto un pasamontaña.

A Diego la sombra de Unzúe se le hizo más nítida.

El enlace

Al sacerdote le asaltaron unos lejanos recuerdos cuando sonó el chistu. La memoria le trasladó a una pretérita boda en la que también sonó tan singular instrumento.

Tomás y Juana se estaban casando.

Muchos cambios se habían producido en los últimos años en Talleres Sarasa, así como en su personal.

Habían tenido que cerrar. En seis meses, tras el suceso del arco de Juslibol, no entró ni un solo trabajo de los que antes eran tan solicitados.

El dueño de las caballerizas, a las que los talleres recurrían cuando había que trasladar piedras de gran tamaño, falleció. Su hijo, heredero del negocio, acudió a sus amigos, aun sabiendo que ya no trabajaban para que, como un favor personal, le tallaran una losa para la tumba de su padre.

En el cementerio, la sepultura estaba situada en la linde del pasillo central de entrada, por lo que toda la gente que visitaba el camposanto, veía la magnífica obra que habían realizado los amigos del finado. El pulido de la losa y el grabado de las letras eran de tal perfección que definían la maestría de sus autores.

No pasó mucho tiempo a que les encargaran otro trabajo de la misma naturaleza.

Lo que dijo Juan, con buen criterio, les decidió a cambiar el rumbo de su labor.

—Es un cometido en el que no va a faltar faena.

Juan y Martín le propusieron crear una nueva empresa dedicada a trabajos funerarios, pero Diego desechó el ofrecimiento. Había decidido volver a Ayerbe. Luis y Olaia, junto a su hijo Guren, también le acompañarían. Su primo Felipe los reclamaba para que le ayudaran en un negocio de transportes que había montado, sabedor de que Talleres Sarasa era un negocio acabado.

Diego, no obstante, animó a los dos operarios a seguir en esa línea, ya que parecía que empezaban con buen pie. Estaba convencido de que, si se lo proponían, podrían sacar a flote la nueva sociedad. Le pidieron sustituir el cartel de la entrada por el de «Juanmar», acrónimo de sus nombres.

Hacía tiempo, antes de que se llegara al cierre, que las mujeres de Martín y de Juan, ayudadas por sus hijos, ya habían buscado una solución para subsistir.

Fermín, el panadero del barrio, en su día, escuchó con atención a las mujeres de los talladores cuando le llevaron, por primera vez, cuatro bizcochos para su venta. Él no tenía tiempo ni personal para esos menesteres. Al día siguiente, fueron varios clientes los que le solicitaron ese nuevo producto.

En el antiguo almacén de piedras talladas, en desuso, las mujeres construyeron, con ayuda de sus maridos y el permiso de Diego, un horno de leña. En él, con los bizcochos día a día, y cada vez en mayor número, empezó lo que se auguraba como un buen negocio. Un poco más tarde, llegaron las magdalenas. Fermín les vendía los productos a cambio de una comisión.

Juan y Martín, ya solos y a los pocos meses, iban recibiendo pedidos de lápidas y de losas. Para ellos esas faenas no representaba ningún tipo de dificultad.

Fermín estaba encantado con la labor de sus nuevas socias. Su bollería había trascendido y venían de otros barrios a por pan y repostería, aumentando el número de clientes fijos.

Tomás, afincado como profesor de Historia, decidió formar una nueva familia. Vivirían con Juana en la casa de los Sarasa. El sueldo de él, y lo que le correspondía a ella de las ventas en la panadería, eran más que suficientes para no tener que depender de nadie.

A la boda asistieron la familia y los más allegados.

De Ayerbe acudieron Diego y Blanca, padres de Tomás, y sus tíos Luis y Felipe, junto a sus esposas. Para todos fue una grata sorpresa al ver a Olaia embarazada. Guren, su primer hijo, estudiaba en Huesca y no le apeteció asistir.

El primo Carlos, que trabajaba en el Ayuntamiento, acudió con Nuria, que también ocupaba un cargo importante en dicho órgano. Actualmente vivían juntos, en secreto, en un barrio de las afueras de Zaragoza. También tenían previsto casarse en fecha próxima y formalizar su situación, entes de que la familia de ella descubriera su amancebamiento.

Petri, el hijo menor de Martín, fue el encargado de poner la partc musical durante la misa. Era tan virtuoso con el chistu como todos sus predecesores. El hijo mayor, Iker, acudió de la mano de Edurne. Hacía un tiempo que ya era oficial que fueran novios.

Tomás echó de menos a Unzúe y a Cizur. Estaba seguro de que, si hubieran sabido la noticia de su enlace, no habrían faltado.

Cizur estaba en Bozate al cuidado de su padre, aquejado de un grave alzhéimer. De Unzúe, a veces se comentaba que lo habían visto por Zaragoza. Si lo hizo, no se acercaba por los talleres.

Al que no hubo forma de localizar fue a Zain. Desde que no quiso pertenecer a «Juanmar», visitaba poco los talleres. Aparecía de tarde en tarde para recoger alguna cosa del cuarto que aún conservaba en la vivienda de los talladores. Llevaba un mes sin aparecer.

La ceremonia se celebró sin ningún percance grave. Solo los habituales. Al novio se le cayó la alianza al intentar ponérsela a Juana y a ella se le trabó la lengua al intentar decir la frase de compromiso. Las dos madres lloraron lo suyo al oírla y los padres disimularon sus lágrimas tapándose la cara simulando limpiarse los mocos con los pañuelos. Olaia se tuvo que sentar un poco mareada debido a su estado y Luis le tuvo que abanicar con un periódico hasta que recuperó el color. Y, por último, Edurne e Iker no se enteraron de la ceremonia por mirarse muy tiernamente como hicieron en su momento los contrayentes, en una anterior boda de la familia.

A diferencia de la boda de Olaia y Luis, el ágape se celebró en un restaurante cuyo dueño había sido compañero de estudios de Tomás. El menú que se sirvió fue acorde con el precio que ajustaron los dos amigos más algunos extras que el restaurante aportó como regalo de bodas. La tarta, como no podía ser de otra manera, fue confeccionada por el mismo equipo que elaboraba cada mañana los bollos y las magdalenas. También colaboró Fermín, el panadero, que había sido invitado.

Los novios, tras los valses reglamentarios que sonaron en un *pick up* que se había alquilado en exclusiva para el acto, pasaron a saludar por las mesas y avisaron de que, entrada la noche, los querían a todos en los talleres.

El dueño de las caballerizas quiso participar, a su manera, en la boda de sus amigos. En secreto y, de acuerdo con los contrayentes, en el jardín de los talleres había montado una modesta pila de madera.

Cuando todos estuvieron reunidos, Tomás tomó la palabra.

—Queremos que esta pequeña ceremonia sea, de alguna manera, la forma de quemar antiguas ideas, leyendas y creencias que alguna vez pudieron distanciarnos. Nunca hemos sido diferentes y ahora, con más motivo, queremos ser una familia que sirva de ejemplo y unión para deshacer desavenencias.

Tomás y Juana, armados con una pequeña antorcha, dieron fuego a la hoguera.

Zaragoza 1940

Julen era hijo de Tomás y de Juana.

Hacía ya un año que había terminado aquella maldita guerra y hasta la fecha no habían sabido nada de él.

Durante el tiempo que había durado la contienda no recibieron noticias de su paradero.

La noche del 18 de julio del 36 se presentó en el Gobierno Civil con sus compañeros de la CNT para hacer frente a la sublevación que, según les habían llegado noticias, los militares habían consumado contra el Gobierno. Como anarquista, odiaba a todo lo que fuera autoridad o jerarquía.

Influido por lo que su abuelo Juan le había contado del tiempo que había vivido en Bozate, se apuntó a una organización que también tenía como enemiga a la Iglesia. Quería, de alguna manera, enfrentarse a un poder que había vejado, de muchas maneras, a sus ancestros.

Cuando a las cinco de la mañana del día siguiente una compañía del Regimiento de Infantería paseó por las calles de Zaragoza proclamando la Ley Marcial, tuvo la certeza de que, si se quedaba en la ciudad, terminaría preso o pensaba que, en el peor de los casos, a sus 24 años sería reclutado. Huyó con algunos compañeros hacía Cataluña. Se preveía que era más que previsible una guerra civil.

Cuando sus padres, tras cuatro días sin aparecer por casa, temieron lo peor, un amigo les contó lo de su huida.

Julen se propuso no decirles ni qué hacía ni dónde estaba. Pensó que, si recibían una carta que se pudiera sospechar que era del otro bando, podría ponerles en un aprieto. Por eso optó por el silencio

Juana abrió la panadería y, cuando vio entrar a aquel joven, le pasó rápido por su mente la alegría que sentiría si alguna vez lo hiciera su hijo. Por supuesto, que no era. Julen era fuerte, robusto, un buen mozo y éste era muy delgado y cojeaba ligeramente.

—¡*Egun on ama*! —le saludó y anduvo pronto en tomarla bajo los sobacos y sostenerla cuando vio que se desmayaba.

Cerró apresuradamente la tienda y, ceñida a la cintura de su hijo, casi corrían en dirección a su casa. No había que demorar más tiempo en que Tomás conociera tan magnífica noticia.

Cuando entraron en el cuarto de estar, Julen se acercó a su padre sin que se percatara, pues estaba abstraído leyendo el periódico. Cuando se volvió a ver quién le había puesto una mano en el hombro, se quedó rígido, mirándolo fijamente, sin dar crédito a lo que veía. Cuando reaccionó, siguió sentado, metió su cabeza entre las manos y rompió a llorar con un llanto desconsolado, mezcla de lágrimas, hipos y babas.

Recuperados de la emoción repararon en que Julen iba acompañado de una mujer, alta como él, rubia y de ojos azules.

—Es Walda. Llevamos juntos cuatro años —aclaró.

Como no podía ser de otra manera, empezaron a preguntar a su hijo de forma atropellada: ¿Qué había sido de su vida durante todo ese tiempo? ¿Qué le pasaba en la pierna? ¿Dónde había vivido? ¿En dónde había pasado la guerra? ¿Había pasado penalidades? ¿Quién era Walda?

Con una sonrisa, les dijo que lo mejor sería contarles todo desde el principio.

Empezó por contar que, en Barcelona, su primer destino, empezó por desconfiar de los principios políticos que le habían inculcado. Empezó a sentir que todos aquellos dogmas que le habían llevado a ser un anarquista se iban desmoronando viendo cómo sus dirigentes eran los primeros en dictar órdenes e imponer por la fuerza sus propias ideas y que, casi todas las veces, su fin principal era su enriquecimiento.

Se organizó una fuerza con el fin de atacar y conquistar Zaragoza y, durante varios días, tuvo pesadillas en las que, al pertenecer a ese contingente, disparaba su fusil contra la ciudad. Veía a un hombre que moría por sus disparos y se despertó empapado en sudor. Aunque jamás le vio la cara, siempre tuvo el convencimiento de que el baleado era su padre. Un día antes de que partiera la expedición, desertó.

Walda lo encontró escondido en el basurero municipal. Era reportera de guerra de un periódico alemán y fue hasta allí con miedo. Le habían dado el chivatazo de que aquella madrugada *les habían dado el paseo* a varias personas. Entre ellas a un compañero periodista acusado de espía.

Cuando descubrió a Julen, escondido entre la mugre, le llamó la atención su pelo rubio y sus ojos azules y, creyéndole un compatriota, le habló en alemán. Él le contestó recordando lo poco que había estudiado dicho idioma.

En el hotel, Julen se pudo quitar la porquería.

Walda rebuscó en su baúl de viaje y encontró lo que buscaba: una credencial de un compañero que nunca se presentó a recogerla. Era perfecta. Como la fotografía no era muy buena, Julen podía pasar por él. La ropa le venía un poco holgada, pero tampoco demasiado. Hablaría en el poco alemán que sabía y Walda disimularía que entendía perfectamente a su compañero de profesión. Si alguien que supiera alemán ponía en duda su nacionalidad, siempre les quedaba decirle que él lo que hablaba, era limburgués, por razones de nacimiento.

Pasaron los dos primeros años de la guerra viajando y trabajando como pareja de corresponsales.

El final de la contienda lo pasaron en el sur de Francia con los huidos del bando republicano. En uno de los pueblos vieron unas casas apartadas del resto de la población y, al preguntar por sus ocupantes, les comentaron que apenas se trataban con ellos, pues eran *cagots*.

Julen, cuando oyó aquello, casi se cae. Allí había personas de las que su abuelo Juan le había hablado.

Cuando le contó a Walda el porqué del interés por aquellos individuos, a ella la curiosidad le hizo afanarse más por la historia que había detrás de lo que su pareja le contaba. Decidieron que, cuando terminara la contienda, tenían que escribir sobre ello y dar testimonio de todas las patrañas y leyendas que aquejaban a los agotes.

Julen le comunicó que, en primer lugar, habría que visitar a sus padres ya que su madre pertenecía a esa comunidad.

Terminada la guerra, al intentar pasar por la frontera, una patrulla de carabineros les dio el alto. Walda se puso nerviosa, pegó un volantazo y volcaron.

Pasaron más de ocho meses entre las operaciones a Julen para salvarle la pierna y el papeleo para demostrar que eran unos simples periodistas que no habían sabido interpretar la señal de alto. Afortunadamente, la labor del agregado alemán fue decisiva para solucionar el caso. Walda declaró que sus documentaciones se habían perdido en el accidente y que necesitarían unas nuevas. Como consecuencia de todo ello, Julen tenía documentación que le acreditaba como súbdito alemán.

Una vez terminada su historia, Tomás quiso enterarse de los planes de la pareja.

—Y ahora, ¿qué pensáis hacer?

—Seguimos con la idea de escribir sobre los agotes.

—Pues tenéis mucho que decir —aclaró.

Hubo un silencio

—¿Cómo está el resto de familia? —preguntó Julen con semblante preocupado. Tenía miedo de que las noticias fueran un cúmulo de desgracias.

Sus padres se fueron alternando para contarle el estado de todos los componentes de los familiares, tanto de Zaragoza como de Ayerbe.

Julen pasó una semana entera de visita en visita, reencontrándose con la familia. Walda era acogida como uno más. Pidió permiso para tomar apuntes de las distintas conversaciones que su pareja tuvo con cada uno de ellos y, cuando se dio cuenta, había llenado varios blocs. Las conversaciones más largas fueron con su abuelo Juan y con Martín que, aunque delicado de salud, estaba encantado de informarle de todo lo que le solicitaba.

Se despidieron de todos, con la promesa de volver.

Se preocuparon en buscarse alojamiento en Elizondo para unos días. Cuando mostraron sus credenciales, al dueño de la posada se le relajó el gesto. El verlos rubios y con ojos azules le hizo sospechar que se tratara de agotes. No le gustaba su presencia.

Llegaron a media tarde a Bozate.

En un primer momento les sorprendió ver sus calles vacías. Aparcaron el coche en la pista apartada que había para llegar al pueblo, pero era seguro que lo habían escuchado en medio del silencio que imperaba.

Julen sabía que, detrás de aquellos visillos, muchos pares de ojos les observaban.

Siguiendo las indicaciones de su abuelo Juan Eustorigorri, dieron con la casa. Llamaron varias veces y, aunque oían cómo dentro había gente, era evidente que se resistían a abrir.

—¡*Atea ereki*! — alguien gritó en el interior ordenando que abrieran la puerta.

Una señora, una anciana, entreabrió la puerta.

—¿*Zer nahi duzu*? —preguntó.

Julen de lo poco que aprendió en vasco, recordó que le preguntaba que qué es lo que quería.

—¿*Zizur hemen bizi da*? —dijo pensando bien cada palabra.

Oyeron cómo se acercaba alguien con pasos presurosos

—¿Para qué quieren saber si vive aquí Cizur? —les preguntó un hombre corpulento de unos cincuenta y tantos años.

—Soy el hijo de Tomás y Juana —y añadió al ver la cara de extrañeza del hombre: — Mi abuelo es Juan Eustorigorri, que es el que me ha dado esta dirección.

Cizur abrió mucho los ojos y, sin decir ni una palabra, lo abrazó tan fuerte que a punto estuvo de hacerle toser.

Pasaron dos días hablando y parando tan solo para comer. Walda, cuando llegaban a Elizondo, ya de noche, tenía un trabajo ímprobo, para poner en orden todas las notas que tomaba. Mientras ellos hablaban, ella, en silencio, llenaba cuartillas con datos, fechas, hechos y acontecimientos.

El tercer día estaban hablando, cuando un personaje entró en la habitación. Miró a Julen, sonrió y se quedó extasiado examinándolo.

—*Esan nor zaren* —exclamó Cizur, indicándole que dijera quién era.

—Tenía muchas ganas de conocerte. Quiero a tus padres como si fueran mis hermanos. A tus abuelos siempre los recuerdo como de mi familia más cercana y ...— dejó de hablar pues sus ojos se cuajaron de lágrimas.

—Es Unzúe —aclaró Cizur.

A los diez días, cargados con varios cuadernos llenos de historias, partieron hacia los Pirineos oscenses con intención de llenar otras tantas libretas.

—Habrá que escribir sobre los agotes con toda la documentación que vamos recopilando —comentó Julen.

—Yo me decido por una historia reducida. La de tu familia.

—Entonces, de camino a Canfranc, pararemos en Ayerbe para que conozcas a mis abuelos paternos y al resto de mi familia. Seguro que llenas algunas cuartillas más.

—¿Son agotes?

—Mi tío Luis está casado con una y uno de sus hijos, Guren, es agote puro.

—¿Cómo que uno de sus hijos? ¿Y el otro no?

—Ya te lo explicaré.

Epílogo

Se llamaba Iker en honor a su abuelo. Se quedó huérfano de padre a los diez años y a los doce se enteró, por casualidad, de que era agote. Cuando preguntó a su madre el significado de dicha denominación, le contestó con la manida frase de «*Ya te enterarás cuando seas mayor*».

Cuando fue mayor, de lo primero que tuvo conocimiento, fue de por qué en la lista de sus apellidos tenía algunos alemanes. Le impactó saber que su abuela era germana.

Fue a Bozate, pues sabía que todavía pervivían miembros de su familia. Se alojó en *Eustorigorrirenetxea* después de tener que dar mil explicaciones de quién era para ser aceptado. Sintió algo muy especial cuando pisó la casa de su, no muy lejano, predecesor.

Fue reconociendo lugares que su madre le contó y que ella recordaba haber oído a su esposo. Escuchó de primera mano a los habitantes del lugar historias pretéritas de leyendas, injurias, injusticias y demás ultrajes que sufrieron sus ancestros sin tener delito alguno, tan solo por ser agotes.

Cuando viajó por los alrededores, se dio cuenta de que el ser agote ya no era motivo de desprecio ni de marginación. Equiparó lo que le sucedía con lo que les ocurrió a aquellos que, en su momento, fueron a trabajar a Zaragoza y nunca importó de dónde provenían.

Visitó y le llenó de orgullo que hubiera un museo del agote y que hubiera personas como Xavier Santxotena que presume de serlo. Si no, que es ese tratado que ha escrito que se titula «El orgullo de ser agote».

El lugar que más le impresionó de la casa de sus ancestros fue el taller, que todavía se conserva. En sus paredes y perfectamente ordenadas había multitud de herramientas. En una de las paredes todas las necesarias para trabajar la madera, mientras que en la otra todas las de tallar piedra.

Le contaron que, en un rincón, su abuelo se recluía y rellenaba multitud de cuartillas que, entre él y su abuela, la alemana, habían redactado en sus viajes. Nadie fue capaz de decirle de qué trataban los escritos.

Un día, sentado en ese mismo lugar, vio en la última balda de una destartalada estantería de madera, una vieja maleta de cuero, roída parcialmente por ratones que afortunadamente no habían llegado al interior. No pudo resistir la tentación de abrirla. En su interior encontró varios tesoros. En días sucesivos fue devorando los distintos escritos que encontró.

Había una historia muy completa de los monumentos, iglesias, monasterios y demás edificaciones realizadas a lo largo del Camino de Santiago en donde los agotes habían dejado su impronta, dando testimonio de su importante labor. En otro fajo de legajos, una multitud de dibujos, mostraban los signos o huellas que los talladores dejaban impresos en las piedras trabajadas, tanto para dar testimonio de que eran los autores de dicho trabajo, como para dejar una señal de su paso.

En otra carpeta encontró los planos y el nombre de las casas de un Bozate antiguo muy diferente al actual.

Un archivador contenía un montón de notas agrupadas en tres portafolios con los títulos de Bozate, Ayerbe y Zaragoza.

Acertó con dejar para el final la que en un principio le llamó más la atención. Resultó ser la que le colmó su anhelo de conocer quién era su familia. Dibujado en su portada un pentáculo encerraba la odisea de dos familias distintas y dispares que una vez que decidieron ir a Zaragoza, por motivos laborales y terminaron por ser una sola. Estaban todos.

Con su lectura se emocionó, lloró, le sacó de muchas dudas y a su término se hizo un firme propósito. Esa historia no podía quedarse dentro de una maleta. Era una historia muy similar a las que habían padecido muchos bozatarras. Había que dar testimonio de lo que les había ocurrido a muchas familias, al menos, a una de ellas.

Con la carpeta del pentáculo como guía, terminó de escribir una novela que tituló:

La pentalfa

(Una historia de agotes)

Este libro se terminó de editar
el 19 de septiembre de 2024